Diogenes Tas

Herbert Rosendorfer

Der stillgelegte Mensch

Erzählungen

Diogenes

Die Erstausgabe erschien 1970
im Diogenes Verlag
Lizenzausgabe mit freundlicher Genehmigung der
Nymphenburger Verlagshandlung, München
Copyright © 1979
Nymphenburger Verlagshandlung, München
Umschlagzeichnung von
Edward Gorey

Veröffentlicht als Diogenes Taschenbuch, 1981
Alle Rechte an dieser Ausgabe vorbehalten
Diogenes Verlag AG Zürich
80/95/36/5
ISBN 3 257 20327 6

In tiefer Ehrfurcht
Ihrer Durchlauchtigsten Hoheit
LOUISA NICOLÄA
Prinzessin von Lothringen-Harcourt-Armagnac
und zu Marsan, hoch-ehrwürdige Äbtissin
zu Remirmont, gewidmet

Inhalt

Knabe, mit einer Katze spielend

Der alte Oberstaatsanwalt F. erzählt:

Wenn Sie von hier aus zum Café ›Hippodrom‹ gehen, das Sie ja, meine lieben jungen Kollegen, besser kennen als die Strafprozeßordnung, kommen Sie an einem alten Brunnen vorbei. Gleich neben dem Brunnen öffnet sich die Häuserfront ein wenig, denn dort mündet eine stille Gasse in den Lärm des vorüberflutenden Verkehrs — einer der wenigen stillen Winkel, die wir hier herum noch haben. Die stille Gasse erweitert sich drinnen ein wenig und bildet an der ziemlich schäbigen Hinterfassade eines großen Hotels einen dreieckigen Platz, den die alten Leute ›Blasiusbergl‹ nennen; kein Mensch weiß warum, denn es geht dort weder bergauf noch bergab. Es ist wohl auch längst gleichgültig, denn die Gasse heißt inzwischen Straße und benennt sich nach irgendeinem vermutlich verdienstvollen Bürgermeister oder Bischof.

Das ›Blasiusbergl‹ wird von der erwähnten schmutzigen sechsstöckigen Fassade der Hotelrückseite beherrscht, aber in ihrem Schatten gibt es ein paar alte Häuser, und in einem dieser Häuser würden Sie, ohne lange suchen zu müssen, einen jahraus, jahrein verschlossenen Laden finden, über dem in langsam abblätternden Goldbuchstaben ›Kunsthandlung Krantz‹ steht. Im Mordfall Krantz hat es nie ein Urteil gegeben, obwohl nicht nur ich den Mörder kenne. Ob allerdings der Mörder heute noch lebt, weiß ich nicht, denn die Sache liegt viele Jahre zurück.

Anselm Krantz, der alleinige Inhaber der Kunsthandlung Krantz, war ein Sonderling gewesen. Ich habe ihn noch als Lebenden gekannt, war hie und da in seinem Laden und habe natürlich nicht geahnt, daß ich ihn eines Tages als Toten, als gräßlich verstümmeltes Opfer eines Mordes würde sehen müssen. Krantz lebte ganz allein, war unverheiratet, hatte keine näheren und, wie sich nach seinem Tod herausstellte, kaum entferntere Verwandte, hatte keinen Anhang und, jedenfalls schien es so, auch keine Freunde. Er war, sooft man in seinen Laden kam, gleichbleibend unfreundlich und strahlte ein penetrantes Mißtrauen aus, wie ich es sonst kaum jemals bei einem Menschen beobachtet habe. Es mag sein, daß das auf sein körperliches Gebrechen zurückzuführen war: der große, füllige Mann war verwachsen. Er hatte einen Buckel wie der Glöckner von Notre Dame. Mag sein, dies war schuld an seinem ständigen Mißtrauen, mag sein, auch etwas anderes . . .

Er war übrigens ein wirklicher Kunsthändler, ein Fachmann von Rang und nicht etwa einer von den zahlreichen größenwahnsinnigen Gemüsehändlern, die jetzt alte Kaffeemühlen verkaufen, so wie sie früher Gurken und Zichorie verkauft haben. Krantz galt als Spezialist für Ostasiatica und handelte außerdem sehr viel mit moderner Graphik.

Der Mord an Anselm Krantz wurde deswegen in Anbetracht der Krantzschen Lebensgewohnheiten verhältnismäßig rasch entdeckt, weil die Inhaber der Nachbarläden bemerkten, daß Krantz' Laden einige Tage lang geschlossen blieb, wobei nur das Scherengitter vor den beiden Auslagen und der Tür geschlossen war, während Krantz, wenn er — was öfter vorkam — verreiste, stets auch die Rollläden herunterzog und an der Tür einen Zettel anzubringen pflegte, auf dem er für seine Kunden die Dauer seiner Abwesenheit vermerkte. Nie, ohne jede Ausnahme in all den Jahren, in denen er sein Geschäft betrieb, hatte er einen Angestellten oder eine Aushilfe, einen Buchhalter und nicht einmal eine Putzfrau beschäftigt.

Man fand Krantz in seinem Schlafzimmer. Die Wohnung lag hinter seinem Laden, auch zu ebener Erde. Wohnung ist dabei fast zuviel gesagt. Krantz hatte offenbar schon vor Jahren die hinteren Nebenräume seines Ladens zu einem Schlafzimmer, einer Art Wohnküche und einem Bad ausbauen lassen. Mehr brauchte Krantz wohl nicht, denn eigentlich lebte er im Laden zwischen seinen antiken Möbeln, von denen er immer nur soviel verkaufte, daß eine notdürftige Einrichtung zurückblieb.

Die hinteren Räume waren finster, verwinkelt und glichen einem Fuchsbau. Es gibt solche Häuser, die sich, an der Straßenfront schmal und engbrüstig, wie Kitt in einer verzahnten Fuge hinziehen und ausdehnen, an der unglaublichsten Stelle einen Innenhof haben und vielleicht sogar — wo man es am wenigsten erwartet — einen Garten. So ein Haus war das, in dem Krantz seinen Laden hatte. Sein Schlafzimmer war gewissermaßen das hintere Ende seines ›Fuchsbaues‹, und von dort aus führte nach einem kleinen Flur ein Separateingang auf eine ganz andere Straße hinaus. Eines war von vornherein klar, aber das half nicht viel, daß der Mörder durch diese hintere Tür die Wohnung nach der Tat verlassen haben mußte. Ob er die Wohnung auch durch diese Tür betreten hatte, war schon ungewiß.

Krantz lag mit dem Gesicht zur Erde mitten im Zimmer auf dem Boden. Er war nur mit Unterwäsche und einem Morgenmantel bekleidet. Die

Arme waren seitwärts ausgestreckt. Die rechte Hand umklammerte die Lehne eines umgefallenen Stuhles. Krantz' Schädel war völlig zertrümmert. Die Obduktion ergab, daß fünfzehn bis zwanzig Schläge mit einem stumpfen Gegenstand gegen den Schädel geführt worden waren. Da seit der Tat fünf bis sechs Tage vergangen waren, ehe man die Leiche fand, war sie schon in Verwesung übergegangen. Vor allem der zertrümmerte Schädel war grünlich verfärbt, und, mit allem Respekt vor dem lebenden Krantz, der tote stank bereits fürchterlich, als ich mit der Mordkommission – ich war damals Erster Staatsanwalt und hatte eines der Kapitaldelikts-referate – das Zimmer betrat.

Der Polizeiphotograph war gerade dabei, die Leiche und den Tatort zu photographieren. Ich bemühte mich, den toten Krantz möglichst wenig zu sehen und vor allem nicht zu riechen, und schaute mir das Zimmer an. Ein großes, schweres Eichenbett war zerwühlt, aber nicht von einem Schlafenden, sondern so, als wäre jemand mehrmals auf das gemachte Bett geworfen worden. Das Bettzeug war blutverschmiert. Ein großer Blutfleck hatte den wertvollen alten persischen Seidenteppich getränkt, der offensichtlich vom gewaltigen Fall Krantz' zusammengeschoben und aufgefaltet war. Neben der übrigen Unordnung, die, wie es so heißt, darauf schließen ließ, daß sich das Opfer verzweifelt gewehrt hatte, fielen vor allem drei Dinge auf: eine große bronzene Buddha-Statue, die mit Blut verschmiert und vermutlich der stumpfe Gegenstand war, mit dem der Mörder sein Opfer erschlagen hatte, weiter die Scherben einer großen chinesischen Vase, die keine Blutspuren aufwies, also vielleicht von Krantz dem Mörder auf den Kopf geschlagen worden war, und schließlich ein zierlicher Biedermeier-Sekretär aus Kirschbaumholz, dessen Schubladen durchwühlt worden waren. Es ergab sich also, um hier gleich spätere Erwägungen vorwegzunehmen, die Frage, ob der Mord an Krantz ein Raubmord war. Ob der Mörder in Krantz' Sekretär nach Geld gesucht hatte oder nach etwas anderem, wußten wir nicht. Unter den ganzen Papieren, die verstreut an, in und um den Sekretär lagen, befand sich kein Geld. Ob der Mörder kein Geld gefunden oder aber das vorhandene Geld mitgenommen hatte, konnten wir nicht feststellen, weil ja niemand über Krantz' Vermögensverhältnisse Bescheid wußte und ob und wo er Geld aufbewahrt hatte. Die Polizei neigte zur These ›Raubmord‹, denn auf dem Stuhl vor dem Sekretär lag eine große leere Geldtasche, eine Geldtasche, wie sie etwa Kellner haben: aus schwarzem Leder, ziehharmonikaartig gefaltet, mit vielen Fächern. Mir schien aber diese Geldtasche so auffällig, so absichtsvoll und ins Auge springend hingelegt, als habe der Mörder seinen künftigen Verfolgern keinen Zweifel an seiner Raubabsicht lassen wollen. Diese leere Geldtasche war förmlich aufgepflanzt wie eine Fahne des Eroberers auf der gefallenen Festung. Das ist, drängte es sich mir auf, eine absichtliche Fährte, also eine falsche Fährte. Brauchbare Fingerspuren und ähnliches gab es übrigens nicht. Das Türschloß zur Wohnung war unversehrt, das hieß, das Opfer mußte seinen Mörder freiwillig in die Wohnung gelassen haben. Hatte das Opfer ihn gekannt?

Mit meinem Verdacht über die falsche Fährte kam ich bei der Polizei nicht recht an. Es war ja auch nur ein unwägbares, kaum zu schilderndes Gefühl bei mir. Demgegenüber brachte die Polizei sehr bald heraus, daß der Mörder tatsächlich etwa achthundert Mark mitgenommen haben mußte. Das war ziemlich einfach zu ermitteln, denn man überprüfte Krantz' Bankkonten und seine recht sorgfältige Buchführung und kam so auf den fehlenden Betrag. Gut, sagte ich, der Mörder hat das Geld mitgenommen. Das besagt aber lange noch nicht, daß er es auf das Geld abgesehen hatte.

Es war da nämlich noch etwas anderes. Die große Buddha-Statue, mit der der Mörder Krantz erschlagen hatte, gehörte nicht zum Mobiliar von Krantz' Schlafzimmer, sondern hatte vorher vorn im Laden gestanden. Der Buddha hatte einen eigenartig achteckigen Sockel mit geschweiften Ecken. Wir fanden vorn im Laden eine Stelle, einen Fleck, wo genau achteckig-geschweift weniger Staub war als rundherum. Der Sockel paßte genau auf den Fleck. Der Buddha mußte dort gestanden haben, und das war unmittelbar neben einer alten, gußeisernen Registrierkasse. In dieser Kasse waren 4000 Mark. Es war nämlich offenbar so, rekonstruierten wir, daß Krantz seine Tageseinnahmen jeden Abend mit nach hinten nahm und in die große Geldtasche tat. Alle zwei oder drei Wochen zahlte er, wenn er nicht irgend etwas ankaufte, das gesammelte Geld bei der Bank ein. Etwa zehn Tage, bevor er getötet wurde, hatte Krantz das letztemal etwas auf die Bank einzuzahlen. In den zehn Tagen hatte er dann die vom Mörder mitgenommenen achthundert Mark eingenommen. (Angekauft hatte er in dieser Zeit nichts, das hätte er, wie stets, in seiner Buchführung vermerkt.) Am Tag seines Todes aber hatte Krantz ein größeres Stück verkauft. Es war ein alter chinesischer Wandteppich. Der Käufer, ein alter Kunde von Krantz, meldete sich auf den Suchaufruf hin bei der Polizei. Da sich der Käufer an den Tag erinnern konnte, an dem er das Stück gekauft hatte, wußten wir dann auch den Tag des Mordes. Aber was half das schon?

Der besagte Käufer hatte 4000 Mark für den chinesischen Teppich bezahlt; diese 4000 Mark waren in der Ladenkasse. Der Mörder hat zwar die 800 und soundso viel Mark aus der Geldtasche mitgenommen, die 4000 aus der Ladenkasse aber dagelassen, sagte ich zur Polizei, obwohl er im Laden vorn gewesen sein mußte, um seine Mordwaffe, den bronzenen Buddha, zu holen.

— Von den 4000 hat der Mörder eben nichts geahnt, sagte der Kriminalbeamte.

Ich deutete auf den oberen Teil der Registrierkasse. Dort stand noch die zuletzt registrierte Kassensumme: 4-0-0-0, in großen, deutlichen Emaille-Ziffern. Deutlicher, sagte ich, kann man es einem Raubmörder doch nicht sagen, daß Geld in der Kasse ist.

— Vielleicht, sagte der Inspektor, war der Mörder — wäre ja nicht verwunderlich — etwas verwirrt, in Eile, hat nicht daran gedacht? Außerdem — vielleicht war der Mörder gar nicht vorn im Laden? Vielleicht hat Krantz selber noch, aus irgendeinem Grund, den Buddha nach hinten getragen?

— Gut, sagte ich, aber merkwürdig ist es schon.

Es gingen Jahre ins Land. Der Mordfall Krantz wurde nicht geklärt. Man fand die eine oder andere Spur. Keine führte zu etwas. Es stellte sich heraus, daß Krantz eine etwas abartige Neigung zu ganz jungen Mädchen gehabt hatte, aber was half das weiter? Dienstlich hatte ich sehr bald nichts mehr mit der Sache zu tun, denn ich kam vom Kapitaldeliktsreferat weg. Die Öffentlichkeit hatte ohnedies den Mordfall nach kurzer Zeit vergessen.

Eines Tages besuchte ich die große Kunstausstellung, die, wie Sie wissen, jedes Jahr im Sommer mit Bildern und Plastiken zeitgenössischer Künstler veranstaltet wird. Ich ging, wie es meine Gewohnheit ist, zunächst einmal schnell und kursorisch durch die Räume der Ausstellung, dann ein zweitesmal langsam und gründlich. Dabei sah ich in einem der kleineren Nebensäle ein Bild, dessen Anblick mich wie der sprichwörtliche Keulenschlag traf.

Damals nämlich im Schlafzimmer von Krantz, im Mordzimmer, gab es noch etwas, was ich absichtlich bisher noch nicht erzählt habe. Der Tatort wies, wie es in den betreffenden Polizeiberichten immer heißt, Spuren heftigen Kampfes auf. Das habe ich schon erwähnt. Diese Spuren befanden sich naturgemäß größtenteils am Boden und waren vom

Polizeiphotographen im Bild festgehalten worden. Er hatte auch das Bett und einen halb heruntergerissenen Vorhang photographiert, nicht aber das — es schien zugestandenermaßen unwesentlich —, was der Vorhang verdeckt hatte: ein Bild. Es war ein eigenartiges Bild, ein Ölbild von etwa eineinhalb mal einem Meter Größe im Hochformat. Es war das Porträt eines Kindes, eines sehr schönen Knaben von etwa sechs Jahren. Das Bild war offensichtlich von einem tüchtigen Porträtmaler der alten Schule des 19. Jahrhunderts gemalt, wies allerdings, wenn man so sagen kann, einen Anflug von Jugendstil auf: die Haltung des Kindes war ein wenig starr und geziert, die Staffage zum Ornament geronnen; die typischen pastosen Grün-, Lila- und vor allem Goldtöne herrschten vor. Der Knabe auf dem Bild blickte über die Schulter zum Beschauer und hielt mit der linken Hand einer Katze einen Ring hin. Die Katze langte spielerisch mit einer Pfote nach dem Ring, schaute aber, wie der Knabe, aus dem Bild heraus.

Und dieses Bild, ›Knabe, mit einer Katze spielend‹, sah ich in der großen Kunstausstellung wieder, das heißt: nicht das Bild, die Darstellung sah ich wieder. Das Bild, das in der Kunstausstellung hing, war wohl etwas größer als das Krantzsche.

Es war in der Manier des neuen ›Phantastischen Realismus‹ gemalt, die Farben waren kräftiger, es waren sowohl ein anderes Kind als auch eine andere Katze abgebildet. Aber sonst war auf diesem Bild alles so wie auf jenem: der Knabe blickte über die Schulter zum Beschauer. In der linken Hand hielt er der Katze den Ring hin..., die Katze langte mit der Pfote spielerisch nach dem Ring...

Als ich diesen Knaben, mit einer Katze spielend, wiedersah, lag der Mordfall Krantz vier Jahre zurück. Vielleicht hatte mich die Sache, ohne daß ich es selber recht wußte, sozusagen unterschwellig die ganzen Jahre hindurch beschäftigt. Auch hatte ich mich oft ganz bewußt an den Fall erinnert, stets dann nämlich, wenn ich an dem Krantzschen Laden am Blasiusbergl vorbeiging. Nicht lange bevor ich jene Kunstausstellung besuchte, hatte ich bei so einer Gelegenheit gesehen, daß der Laden immer noch geschlossen war. Weinlein, um das hier anzufügen, hieß der Maler des Bildes in der Kunstausstellung: Sascha Weinlein.

Im Katalog stand, daß er gerade vierzig Jahre alt war, schon mehrere Preise gewonnen hatte und draußen in St. Xaver, einem Ort an einem See, lebte. Da diese Ausstellung stets auch eine Verkaufsausstellung ist, bekam ich, den Vorwand vorgebracht, ich interessiere mich für das Bild, unschwer die genaue Adresse des Künstlers. Aber was heißt Vorwand: ich interessierte mich ja wirklich brennend für das Bild, allerdings in einer Weise, die die Sekretärin im Ausstellungsbüro, die mir die Adresse gab, nicht ahnte.

Als ich die Ausstellung verließ, begann sich der Tag, ein schöner, warmer Sommersonntag, in einer sanften, breiten Rampe aus Zeit allmählich zur Dämmerung hinabzusenken. Sie wissen, ich bin Junggeselle, ich lebe allein, ich bin nicht mehr der Jüngste: so habe ich es nie eilig. Der Weg zu einem Restaurant, in dem ich häufig zu Abend esse, führte mich ohne einen großen Umweg am Blasiusbergl und an Krantz' ehemaligem Laden oder, besser gesagt: an dem Laden des ehemaligen Krantz vorbei. Manchmal, in glücklichen Stunden, siegt die Vergangenheit. Am Blasiusbergl ist wochentags schon nicht mehr viel los. Am Sonntag rührt sich dort überhaupt nichts. Die Türme und die grüne Kuppel der Kajetanskirche leuchteten über den Dächern, während in den engen Gassen eine Dämmerung aus Umbratönen die Häuserfassaden auflöste. Hie und da blinkte ein halboffenes Fenster in einem zufälligen Sonnenstrahl, und aus dem Schaufenster einer Bäckerei — dem Nachbarladen von Krantz —

schimmerte wie aus der Tiefe eines Aquariums eine große goldene Brezel. Manchmal gibt es solche glücklichen Stunden, wo Augenblicke einer alten Zeit herüberwehen, wo in einem Winkel einer Stadt das zweite Gesicht der Fassaden herausbricht und die Gegenwart überstrahlt. Bei uns hier ist es dann meist eine Biedermeier-Vedute, in zarten Farben handkoloriert, mit lebhaft gegliederten, aber eleganten Fassaden und einem lichtgelben, ins blasse Violett spielenden Himmel. Ich blieb vor Krantz' Laden stehen. Das Gitter war heruntergelassen. Dicker Staub lag auf allen Gegenständen, die man durch das schon fast blinde Fenster sehen konnte. Es war wohl alles so geblieben, wie es am Tag des Mordes vor vier Jahren war. Die buckelige alte Schaufensterscheibe spiegelte das wellige Gitter und nicht mein Bild, nein: einen Archivarius Lindhorst oder so etwas Ähnliches. Ich starrte lange in den düsteren Laden, bis ein einzelner Viertelstundenschlag vom Turm der Kajetanskirche den Bann zerriß. Ich wandte mich ab, ging hinaus auf den M.-Platz. Die Biedermeier-Vedute bröckelte ab und sank zurück in die Tiefe der Zeit.

Es hatte nicht Father Browns kleiner grauer Zellen bedurft, meine sicher bescheideneren hatten genügt, und auch die hatte ich nicht über Gebühr strapazieren müssen, als ich nachher — ich saß in meinem Restaurant und aß, wenn ich mich recht erinnere, ein Salbeischnitzel und Morcheln auf Toast — alles, fast alles von dem Mord wußte. Sie werden es sich ja auch schon zusammenreimen. Was ich dann am nächsten Tag über den Fall in Erfahrung bringen konnte (ich setzte mich natürlich sogleich mit meinem Nachfolger im Kapitaldeliktsreferat in Verbindung, ließ mir die Akten bringen, beanspruchte ein wenig die Mühe der Kriminalpolizei), bestätigte nur, daß ich richtig überlegt hatte.

Um Krantz' Vermögen, das nicht unbeträchtlich war und zu dem auch das Haus seines Ladens gehörte, stritten sich immer noch die Erben, entfernte Verwandte von Krantz. Ein komplizierter Prozeß schwebte beim oder, besser, ruhte im Schoße des Oberlandesgerichts. Es ging dabei, soviel ich weiß, um grundsätzliche erbrechtliche Fragen. Der Nachlaß war noch nicht einmal inventarisiert. Das Nachlaßgericht hatte zur Sicherung des Nachlasses den Laden versiegeln lassen. Niemand, außer in den allerersten Tagen nach dem Tod des Inhabers der Nachlaßpfleger, vielleicht der Gerichtsvollzieher hat den Laden und die Wohnung Krantz' betreten. Vorher, zu Krantz' Lebzeiten, war, wie wir wußten, auch so gut wie niemand in seine Wohnung gekommen. Außerdem war das merkwürdige Bild von dem Vorhang verhüllt gewesen, den erst in der Verzweiflung des Kampfes das Opfer, wohl beim Versuch, sich irgendwo festzuhalten, heruntergerissen hatte. Es gab also nach menschlichem Ermessen nur einen einzigen, der das Bild kennen konnte: der Mörder. Und der Maler jenes Bildes, das ich eben in der Ausstellung gesehen hatte, mußte das Bild in Krantz' Schlafzimmer gekannt haben. Es war eine Kopie aus dem Gedächtnis. Ein Zufall, eine Erfindung von so genauer Parallelität, erscheint mir, das muß ich auch bei strengster Beanspruchung der gebotenen juristischen Zweifel sagen, jenseits jeder denkbaren Wahrscheinlichkeit.

Als der Mörder, der Maler Sascha Weinlein, mit der schweren bronzenen Buddha-Figur ausholte, Krantz, der massige, bucklige alte Mann, im Sturz den Vorhang vor dem Bild mit sich riß und dann der Metallfuß der Figur wie ein gräßlicher Hammer auf den Schädel des Opfers niederkrachte, enthüllte der sterbende oder schon tote, verwachsene, häßliche und verstümmelte Krantz das Bild jenes schönen Kindes, das mit so merkwürdigen Augen über die Schulter aus dem Bild herausschaut. Es ist alles, stelle ich mir vor, so gut wie im gleichen Moment geschehen, und das Krachen des Mordwerkzeuges auf den Kopf des Opfers hat den Blick des Knaben auf dem Bild im Gedächtnis des Malers festgenagelt, unauslöschlich, ganz unauslöschlich fixiert. Es war, ich weiß nicht, ob Sascha Weinlein das gewußt hat, ein Porträt Krantzens, ein Porträt des häßlichen Krantz, als er noch ein schönes Kind war.

Ich besuchte dann natürlich auch den Maler Weinlein ganz scheinheilig draußen in St. Xaver am See. Er war sehr freundlich, freilich, er vermutete in mir einen Kunden. Ich hätte auch fast ein Bild von ihm gekauft... Der Besuch in seinem Atelier überraschte mich nicht. Er konnte zwar auch ein paar andere Bilder herzeigen, den überwältigend größeren Anteil seines Schaffens aber machten Bilder aus, die ein Kind darstellten, das einer Katze einen Ring zum Spielen hinhält. Die Darstellung gab es in großen und kleinen Formaten, mit verschiedenen Hintergründen, verschiedener Aufteilung der Proportionen, verschiedenen Farben, einige waren spiegelverkehrt, offensichtlich hatten unterschiedliche Katzen und unterschiedliche Kinder als Modelle gedient. Im wesentlichen war das Bild aber immer das gleiche.

Auf meine Frage, die mir angesichts der wohl jedem Beschauer auffallenden Häufung jener Darstellung in den Bildern Weinleins ganz harmlos erschien, warum er so oft dieses merkwürdige Sujet wähle, zuckte der Maler nur mit den Schultern. Ich habe nichts weiter gesagt. Fast hätte ich eines von den Kind-Katze-Bildern gekauft. Aber dann habe ich mir gedacht: besser vielleicht doch nicht.

Ja, das ist die Geschichte. Zu einem Prozeß gegen Sascha Weinlein ist es nie gekommen. Man sieht, wie wenig ernst die Kunst im sogenannten nüchternen Leben genommen wird. Auf meine Anordnung wurde der Fall zwar nochmals aufgerollt, sogar ein Ermittlungsverfahren gegen Weinlein eingeleitet, der, wohl von einem Verteidiger beraten, von seinem Aussageverweigerungsrecht Gebrauch machte. Ein paar Indizien, die im Laufe der neuerlichen Ermittlungen auftauchten, alarmierten zwar: Sascha Weinlein und Krantz hatten sich, das stand objektiv fest, gekannt. Krantz hatte mehrfach Bilder Weinleins an- und weiterverkauft. Wenige Tage nach der Tat hatte Weinlein eine Summe von 800 und einigen Mark der ›Amnesty International‹ überwiesen, etwa den Betrag also, der nach dem Mord bei Krantz vermutlich entwendet worden war. Und endlich war Weinleins Frau, ein eher üppiges Wesen mit langen schwarzen Haaren — ich habe sie bei meinem Besuch in St. Xaver kurz gesehen —, gute zwanzig Jahre jünger als Weinlein, das heißt, sie war damals etwa achtzehn, und das war vier, fünf Jahre nach dem Mord. Zur Zeit des Mordes muß sie also dreizehn, vierzehn gewesen sein. Krantz hatte einen Hang, wie ich schon erzählt habe, zu ganz jungen Mädchen. — Aber das alles, sagte bei einer abschließenden Dienstbesprechung, in der wir die Summe aller Verdachtsmomente zogen, der Erste Staatsanwalt Dr. H., der das zuständige Kapitaldeliktsreferat hatte, das alles nimmt uns letzten Endes kein Richter ab. — Ich mußte ihm beipflichten. Wir stellten dann das Verfahren ein.

— Es ist alles ganz schön, sagte Dr. H., Herr Oberstaatsanwalt, zu schön, ich möchte sagen: irgendwie poetisch. Sie sollten einmal eine Geschichte darüber schreiben.

Vielleicht tue ich es noch, eines Tages.

Der Eiffelturm

Bruno A. Rabe verteidigte sich später damit, daß die Idee ursprünglich gar nicht von ihm gewesen sei.

Sie stammte von einem Mann namens Hündlbacher, den Rabe als seinen Freund bezeichnete. Freund Hündlbacher äußerte die Idee so nebenbei, als Rabe wieder einmal versuchte, bei ihm Geld zu leihen. Später hatte Hündlbacher mit der Sache, die aus dieser Idee erwuchs, nichts mehr zu tun. Natürlich aber erfuhr er davon aus den Zeitungen.

Bruno A. Rabe war nicht eigentlich ein moderner Mensch, obwohl er sich — wie die Mittelinitiale zeigt — bemühte, up to date zu sein. Nur was unmodern ist, ist im Grunde genommen modern, das gilt für die Literatur genauso wie für die Damenoberbekleidung und ganz besonders für die Verbindung von beiden: für das Theater. In diesem Metier war Rabe tätig.

Obwohl man ihm mannigfache Talente fürs Theater nicht absprechen konnte, war er, kraß gesagt, zu dumm, um die heiklen Verflechtungen von Literatur und gesellschaftlichen Gegebenheiten zu erkennen. Konkret gesprochen: Rabe spielte unverdrossen Tennessee Williams, als unter wacheren Theaterleuten das Geraune um Ionesco längst zu einem Donner angeschwollen war. Als der Trend der Kellerbühnen zum Happening unverkennbar wurde, entschloß sich Rabe endlich, Ionesco zu spielen. Damals allerdings, als Rabe seinen Freund Hündlbacher anzupumpen versuchte, spielte er gar nichts. »Theaterferien«, sagte er.

Es war Februar, eine ungewöhnliche Zeit für Theaterferien.

Theaterdirektor Rabe hatte zunächst, bevor er die Theaterferien deklarieren mußte, probeweise bei Kerzenlicht gespielt. Zwar war es ihm gelungen, Kerzen auf Kreditbasis zu beschaffen, aber schon bei der ersten Vorstellung erwies sich, daß die Kerzenbeleuchtung im Theater technisch kaum durchzuführen war, ganz abgesehen davon, daß diese Praxis vor der Feuerpolizei sorgsam verschwiegen werden mußte, also auch in der Werbung nicht verwertet werden konnte. Es war, mußte Rabe einsehen, letzten Endes einfacher, die schon überstrapazierten Geldquellen nochmals anzuzapfen und so das Geld für die offenen Lichtrechnungen irgendwie aufzutreiben.

Bei Hündlbacher war Rabes wünschelrutenfeine Nase für überzählige Zwanzigmarkscheine fündig geworden, als der Freund die erwähnte Idee von sich gab.

Diese Idee beruhte auf der Überlegung, daß es so gut wie ausgeschlossen ist, für ein Unterfangen, das nur im entferntesten im Geruch der Völkerverständigung steht, *keine* Subventionen zu bekommen.

»Aber was für eine Idee?« fragte Rabe.

»Mein Gott«, sagte Hündlbacher, »die Idee kann gar nicht dumm genug sein. Olympische Spiele oder den Eiffelturm von Paris nach München tragen, zum Beispiel.«

Dieses Wort, möglicherweise mit einer zugleich aufleuchtenden Zahlen-Fata-Morgana im Bewußtseinshintergrund, muß in Bruno A. Rabes Vorstellungswelt wie der sprichwörtliche Blitz eingeschlagen haben. Rabe unterbrach jedenfalls seinen Pumpversuch bei Hündlbacher und empfahl sich.

Rabe erkundigte sich und erfuhr, daß in jenem Jahr in München für den Sommer eine deutsch-französische Freundschaftswoche geplant war. Unverzüglich gründete er ein Komitee (das zunächst nur aus ihm bestand) und rief eine ›Internationale Jugendbewegung‹ ins Leben, die das Ziel hatte, den Eiffelturm von Paris nach München zu tragen.

»Das wird nicht gehen«, warnten Rabes Freunde.

»Das geht«, sagte Rabe.

Er selber konnte nur mit Vorbehalten zur eigentlichen Jugend gezählt werden. Wie alt er war, wußte niemand genau. Es war auch schwer zu schätzen, denn trotz seiner Stirnglatze und einiger Zahnlücken wirkte er, namentlich wenn man seine unvergorenen Ansichten hörte, jünger, als er vermutlich war. So nahm niemand Anstoß an Rabes kecker Firmierung ›Jugendbewegung‹.

Eine vorläufige Bestandsaufnahme ergab, daß der Eiffelturm — unbeschadet etwaiger Gewichtsverluste durch Rost — 1889 aus 9 122 243,28 Kilogramm Eisen errichtet wurde, an der Grundfläche 129,22 Quadratmeter mißt und 300 Meter hoch ist. Pro Quadratzentimeter Bodenfläche ergibt das eine Belastung von drei Kilogramm.

Rabe erkannte klar, daß er niemals auf einen Schlag die Subventionen für dieses riesige Unternehmen würde bekommen können. So machte er zuerst kleinere Beträge locker, aktivierte die Kolpingjugend, die Falken, die Pfadfinder, reiste per Autostopp nach Bonn (zurück kam er bereits im Schnellzug I. Klasse), und in kurzer Zeit waren so viel öffentliche Mittel und so viel allseitige Betriebsamkeit in das Unternehmen investiert, daß es kein Zurück mehr gab.

Anfang Mai versammelte sich ein Heer von jugendlichen Idealisten auf dem Champ-de-Mars. Fröhliches Lagerleben umtoste die vier Füße des Eiffelturmes, bis die Formalitäten erledigt waren. Dann wurde der Turm abgeschraubt. Ein Versöhnungsfeuer wurde entzündet; unter Absingen diverser Nationalhymnen erfolgte am 10. Mai bei Sonnenaufgang der feierliche Abhub.

Bruno A. Rabe, ein notorischer Langschläfer, versäumte diesen Augenblick. Als er, wie es seine Gewohnheit war, so gegen ein Uhr mittags aufwachte, nahm er — und er wußte sogleich, woher es rührte — ein leichtes Schaukeln seines Bettes wahr. Rabe hatte nämlich — in der wohl richtigen Überlegung, daß es bei rund neun Millionen Kilogramm auf sein Gewicht nicht mehr ankäme — in der Wohnung oben auf dem Turm Logis bezogen und beabsichtigte, sich nach München tragen zu lassen. Zwei Freundinnen leisteten ihm Gesellschaft.

Rabe erhob sich aus den Armen der Mädchen und trat ans Fenster. Es bot sich ihm ein überwältigendes Bild. Tausende von Pfadfindern und Kolpingsöhnen umdrängten die vier Eiffelturm-Stützen wie Bienen den Stock. Das vielsprachige »hau-ruck« der Anführer und Unterführer drang nur ganz leise zu Rabe herauf. Fast unmerklich schwankte der

Turm, von einer milden Nachmittagssonne beschienen, an Charenton vorbei nach Osten.

In der Folge gab es herrliche Feste für Bruno A. Rabe. Manch edler Korken knallte in der kleinen Wohnung oben in fröhlicher Runde, und der Champagner schaukelte leise im Glas. Hunderttausende von Neugierigen säumten den Weg. Legionen von Photoreportern begleiteten den Transport. Der eine oder der andere Bürgermeister ließ es sich etwas kosten, den Eiffelturm für zwei oder drei Tage in La Ferté oder in Orbais zu haben.

So verging der Mai. Bald war nicht mehr zu verkennen, daß die Zeit drängte. In Bar-le-Duc mußte sich Rabe dazu entschließen, den Turm umlegen und waagrecht weitertransportieren zu lassen. Das erleichterte und beschleunigte zwar den Transport, beengte aber Rabes Lebensführung. Da auch in der kleinen Wohnung im Eiffelturm die Räume mehr lang und breit als hoch sind, veränderte sich das Ausmaß der Bodenfläche in ungünstigem Sinne. Ein Teil der Möbel mußte geopfert werden. Die Küche, vordem einfach durch eine Tür zu erreichen, konnte jetzt nur mehr über eine Leiter erstiegen werden. Die Schwierigkeiten, ein schräg aus der Wand ragendes Wasserklosett zu benutzen, mag sich jeder selber ausmalen. Als Robinson-Ionesco Rabe (Brunos Sohn aus einer seiner zahlreichen Ehen) beim Spielen aus einem mangelhaft gesicherten Oberlicht fiel, mußte Rabe einen provisorischen Fußboden über die Wand legen lassen.

Mitte Juni erreichte man den Rhein. Um ein Haar wäre hier das ganze Unternehmen zum Erliegen gekommen. Rabe redete und redete mit dem zuständigen Zollinspektor. Aber Zoll hat bekanntlich mit Völkerverständigung nichts zu tun. Eine Zolldeklaration wurde verlangt. Da hatte Rabe eine Sternstunde: »Andenken«, erklärte er. Der Eiffelturm passierte als Souvenir den Rhein.

Der damalige Ministerpräsident von Baden-Württemberg ließ es sich nicht nehmen, zwischen Weil der Stadt und Böblingen symbolisch mit Hand anzulegen. Der Rektor von Tübingen und der Bischof von Rottenburg spendeten ihre Glück- und Segenswünsche. Nach der sehr mühsamen Überquerung der Schwäbischen Alb kam es kurz vor Ulm zu einem ernsthaften Zwischenfall. Die beiden Rabe-Freundinnen (genannt Bu-Bu und Tutsie-Wutsie) hatten herausgefunden, daß Rabe mindestens seit Nancy — vermutlich aber schon seit dem Abmarsch — mit einer Gruppe von Pfadfinderinnen ziemlich freie Sonnenaufgangsfeiern abhielt.

»Dafür kannst du zeitig aufstehen«, schrie Bu-Bu.

Bruno grinste und schnalzte mit der Zunge in seinen Zahnlücken herum. Daraufhin gab ihm Tutsie-Wutsie eine Ohrfeige. Da Bruno nur über sehr geringe Körperkräfte (im Gegensatz zu Manneskräften) verfügte, was seine Freundinnen natürlich wußten (beides), war die Ohrfeige von Tutsie-Wutsie stets das Signal, Bruno Rabe zu verprügeln.

Diesmal aber gelang ihm unter Ausnützung der besonderen Verhältnisse die Flucht. Er sprang aus der Wohnung und lief querfeldein. Die Kommando-Gruppe ›Turmspitze‹ glaubte an eine Richtungsänderung und folgte. Zum Unglück hatte es stundenlang vorher geregnet. Die Eiffelturm-Spitze mit dreißig Rotten ›Deutsche Jugend des Ostens‹ versank im Morast. Bu-Bu, Tutsie-Wutsie und Robinson-Ionesco konnten sich im letzten Augenblick retten. Von Rabe fehlte zunächst jede Spur.

Wertvolle Tage vergingen, bis die Bundeswehr die verlorenen Rotten ausgrub und den Eiffelturm wieder flottmachte. Auch Bruno A. Rabe wurde wiedergefunden. Er übte im Wald Kniebeugen. »Tu's nicht, Bruno!« schrie Bu-Bu, als sie ihn sah. Bruno hatte schon einige Male gedroht, er werde eines Tages so lang Kniebeugen machen, bis sein Herz versagen würde. Tutsie-Wutsie um-

schlang Bruno, Robinson-Ionesco weinte. So ließ
sich Bruno A. Rabe endlich bewegen, wieder zum
Turm zurückzukehren.

Die ausgiebige Versöhnungsfeier, an der natürlich auch die Pfadfinderinnen teilnahmen, konnte
nicht darüber hinwegtäuschen, daß viel Zeit verlorengegangen war. Es wurde nun zwar unter Aufbietung aller Kräfte in Tag- und Nachtschichten
getragen, als aber der Eiffelturm den Burgfrieden
Münchens erreichte, war die deutsch-französische
Freundschaftswoche gerade zu Ende gegangen.

Wie bringt man den Eiffelturm wieder zurück
nach Paris?

Bruno A. Rabe war sich im klaren darüber, daß
für den Rücktransport womöglich noch größere
Eile geboten war. Noch in der Nacht ließ Rabe das
schwierige Wendemanöver ausführen. Als die Spitze
des Turmes im Morgengrauen endlich gen Westen
zeigte, erreichte Bruno Rabe die niederschmetternde
Nachricht: man habe es sich, schrieb man ihm aus
Paris, inzwischen überlegt. Paris sei tatsächlich, was
viele immer schon gesagt hätten, ohne Eiffelturm
viel schöner. Rabe könne ihn behalten.

Nun, die Nachricht war, um das richtigzustellen,
im ersten Augenblick gar nicht so niederschmet-
ternd. Schließlich bekommt man ja nicht alle Tage

neun Millionen Kilo Eisen geschenkt. Als Rabe gegen ein Uhr dieses Tages aufwachte, gab er sogleich Anweisungen, den Turm aufzurichten. Er glaubte schon, nie mehr Miete für Theatersäle schuldig bleiben zu müssen und Herr im eigenen Haus zu sein, wenn er in Zukunft auf dem Eiffelturm bei Pasing Theater spielen würde.

Als man mitten in den Vorbereitungen für das Aufrichten war — Anlegen von Winden, Stahlseilen, Montage von Rollenlagern —, erschienen einige Herren bei Bruno A. Rabe. Ihre offiziellen Mienen ließen nichts Gutes ahnen.

»Was haben Sie mit dem Ding da vor?« fragte einer der Herren.

»Das ist kein Ding, das ist der Eiffelturm«, sagte Rabe und erläuterte seine Theaterpläne.

»Geht nicht«, sagte der offizielle Herr.

»Warum nicht?«

»Er nimmt zu viel Platz weg.«

»Aber der Turm bleibt ja nicht liegen. Er wird aufgerichtet, meine Herren, sehen Sie die Winden und Rollen.«

»Er entspricht nicht den feuerpolizeilichen Vorschriften«, sagte der zweite der Herren.

»Im senkrechten Zustand«, sagte ein dritter, »stört er das Stadtbild.«

»Aber, aber«, sagte Rabe, »in Paris hat der Turm jahrzehntelang nicht gestört, im Gegenteil ...«

»Unser Oberbürgermeister«, sagte der dritte Herr, »hat andere Vorstellungen von Türmen, modernere.«

»Überhaupt«, brachte sich jetzt der vierte der Herren, der bis dahin geschwiegen hatte, zu Gehör, »wem gehört das Ding jetzt?« »Mir«, sagte Rabe.

»Dann müssen Sie Einfuhrzoll zahlen.«

»Ist schon erledigt«, sagte Rabe. »Ich habe schon eine Zolldeklaration abgegeben ...«

»Ich weiß«, sagte der vierte Herr, »Sie haben ihn als Andenken deklariert. Wir ließen das durchgehen, solange sich der Turm quasi gastweise in der Bundesrepublik aufhielt. Jetzt hat sich die Situation natürlich geändert. Neun Millionen Kilo sind ja wohl kein Pappenstiel.«

»Und wieviel wäre das an Zoll?« fragte Rabe kleinlaut.

Der vierte Herr blies die Backen auf, als er nachdachte. »Wenn wir Ihnen den günstigsten Tarif gewähren: zwölf Pfennig pro Kilogramm.«

»Das sind«, stammelte Rabe, »das sind 900 000 und zweimal 90 000 ...«

»Rund eine Million«, sagte der vierte Herr.

»Aber bedenken Sie doch, meine Herren. Es ist

doch ein öffentlich gefördertes Unternehmen der Völkerverständigung.«

»Das *war* es«, sagte nun wieder der erste Herr. »Solange der Eiffelturm das Wahrzeichen von Paris war — gut. Aber Paris hat Ihnen den Eiffelturm nun geschenkt. Ab sofort ist es Ihr Wahrzeichen. Wo kämen wir hin, wenn jeder seine Eiffeltürme in der Gegend herumträgt.«

»Dann verzichte ich auf den Turm«, sagte Rabe verzweifelt.

»Das ist Ihre Sache«, sagte der zweite Herr. »Dann sorgen Sie dafür, daß das Ding hier wegkommt.«

»Aber wohin?« fragte Rabe.

»Schreien Sie nicht so mit uns«, sagte der dritte Herr. »Wohin — das ist Ihre Sache. Ist es vielleicht unser Turm?«

»Ich schenke ihn Ihnen«, sagte Rabe schnell und freundlich. »Ich schenke ihn der Stadt München!«

»Woher sollte die Stadt München die Million für den Zoll nehmen?« fragte der erste Herr.

»Aber *dieser* Anziehungspunkt für den Fremdenverkehr, die Amerikaner . . .«

»Ich erwähnte bereits«, sagte der dritte Herr, »daß unser Oberbürgermeister eine völlig andere Vorstellung von Türmen hat.«

»Kennt er ihn denn überhaupt, den Eiffelturm?«
fragte Rabe.

»Ja«, sagte der dritte Herr, »von Postkarten.«

»Man könnte ihn zerkleinern . . .«, sagte Rabe.

»Wie reden Sie vom Oberbürgermeister«, fuhr
der erste Herr auf.

»Ich meine den Turm. Zerkleinern in ganz kleine
Teile und Andenkenmedaillen daraus machen, vielleicht für die Olympiade. Ich stifte ihn . . . ja! Ich
stifte ihn für den Olympiafonds.«

»Da kostet ja das Zerkleinern mehr, als der Profit
ausmacht«, sagte der zweite Herr.

»Und die Million Zoll müßte trotzdem bezahlt
werden«, fügte der vierte Herr hinzu. »Womöglich
zweimal, einmal von Ihnen, Herr Rabe, weil Sie
den Turm eingeführt haben, und einmal von der
Stadt München, weil sie ihn geschenkt bekommt.«

»Dann sollen mich alle gern haben«, schrie Rabe. »Bu-Bu, Tutsie-Wutsie, kommt heraus, wir gehen; den Turm soll sich an den Hut stecken, wer
will.«

»Unterstehen Sie sich«, sagte der erste Herr. »Wir
haben Sie und den Turm durch Polizeiposten bereits umstellen lassen. Sie sind dafür verantwortlich,
daß das Ding wieder weggeschafft wird. Sie ent-
kommen uns nicht, mit *dem* Ding am Halse nicht.«

»Ich empfehle Ihnen«, sagte der vierte Herr leise, »einmal mit den umliegenden Landkreisen zu reden. Die sind vielleicht großzügiger.«

Als die vier Herren gegangen waren, schlich sich Rabe durch den Polizeikordon in die Stadt. Keines der Pfandhäuser wollte dem Angebot nähertreten. Hündlbacher, dem Rabe erklären wollte, daß er als Urheber der Idee für die Beseitigung des Turmes sorgen müsse, ließ sich verleugnen. Auch die Bundeswehr zeigte kein Interesse.

So verging der Sommer. Die Subventionen flossen immer spärlicher, und das Interesse der Pfadfinder und Kolpingsöhne wurde immer geringer. Je mehr absprangen, desto schwerer wurde die Last des Turmes für die Verbliebenen, und je schwerer die Last wurde, desto mehr sprangen ab. Der Transport wurde zusehends langsamer. Ein Versuch, den Turm bei Pfaffenhofen zu vergraben, schlug infolge Kleinlichkeit der örtlichen Behörden fehl.

Weihnachten feierte Bruno A. Rabe in seinem Fiffelturm. Auch der gewiß märchenhafte Anblick des ganz mit Eiskristallen überzogenen Stahlriesen am malerischen Donauufer bei Kehlheim tröstete Rabe nicht über das Mißliche seiner Lage hinweg.

Ein mit großem Werbeaufwand von Rabe propagierter Vorschlag, mittels des Turmes ein allgemeines Neujahrsbleigießen zu veranstalten, fand keinen Widerhall.

»Du lieber Himmel«, sagte Rabe, »was soll im Frühjahr werden, wenn wir den Turm nicht mehr schieben können, weil kein Eis mehr da ist, auf dem er rutscht?«

»Wir können Rollen unterlegen«, tröstete ihn Bu-Bu. »Das habe ich in einem Film über die Pyramiden gesehen.«

Am Jahrestag des Abhubes bewegten Rabe, Bu-Bu, Tutsie-Wutsie und sogar der kleine Robinson-Ionesco den Turm millimeterweise auf Rollen über die Große Laaber. Im Juni zeigte sich ein Silberstreifen am Horizont: Die Stadt Vilshofen, erfuhr Rabe, interessiere sich für den Turm — als Adenauer-Denkmal. Als aber die verantwortlichen Herren aus Vilshofen den Turm besichtigten, erklärten sie, so groß hätten sie ihn sich doch nicht vorgestellt.

Am 14. August, dem Tag vor Mariä Himmelfahrt, überholte ein langer Zug feierlich gekleideter Bauern und Bäuerinnen den Turm. Es war, wie sich Rabe erkundigte, eine Wallfahrt nach Altötting.

»Und was sind diese großen Kreuze, die Sie da mitschleppen?« fragte Rabe.

»Aus Sühne«, sagte der anführende Geistliche, »tragen wir diese schweren Kreuze mit uns.«

»Und wo bleiben die Kreuze?« fragte Bruno A. Rabe plötzlich interessiert.

»Die werden an der Gnadenkapelle niedergelegt.«

Noch am selben Tag weihte Rabe den Eiffelturm als Votivgabe der Gottesmutter von Altötting.

»Ein ungewöhnliches Votiv«, murmelte der Bischof, der die Weihe vornahm. (Wegen der Größe des Objektes hatte sich der Pfarrer des nächstgelegenen Ortes für unzuständig erklärt, assistierte aber nun bei der Weihe.) »Na ja, lieber Amtsbruder«, raunte der Bischof dem Pfarrer zu, »die Kirche hat in letzter Zeit mit vielen Traditionen gebrochen; nur mit einer Tradition wollen wir nicht brechen: zu nehmen, was wir bekommen — und wenn es der Eiffelturm ist.«

Die folgende Nacht verbrachten Bruno A. Rabe und die Seinen als Gäste im Pfarrhaus. Es sollte am nächsten Tag besprochen werden, welche Laienorganisationen eingesetzt werden könnten, um den Mariä-Turm zügig nach Altötting zu schaffen.

Und in jener Nacht geschah das Unfaßbare: Der Turm wurde gestohlen. Am Morgen des 15. August war er verschwunden. Die Kriminalpolizei stand — und steht noch immer — vor einem Rätsel. Das Karteiblatt mit der ausführlichen Beschreibung in der Sachfahndungskartei der Landespolizeidirektion Landshut ist die einzige Erinnerung, die an das einstmals so berühmte und kühne Bauwerk des Ingenieurs Gustave Eiffel blieb.

Mord ohne Mörder

Angefangen, eine merkwürdige Mordgeschichte zu sein, hat sie, als ich einmal an einem Sonntagvormittag in einem — weit von meiner Wohnung entfernten — Stadtviertel an ein Haus kam, an ein kleines weißes Haus mit grauen Jalousien und mit einem Gartentor, dessen hohe schwarze Pfosten mit zwei ehernen stilisierten Schweinen gekrönt waren, die je ein leeres Wappenschild hielten. Ich dachte einen Augenblick an Chesterton und dessen Idee von der heraldischen Vernachlässigung des Schweines, als ich am Tor *meinen Namen* erblickte. — Ich hatte nie in dieser Gegend gewohnt, das Haus war mir völlig unbekannt. Wie Sie wissen, trage ich einen höchst seltenen Namen. Außer bei Verwandten habe ich ihn noch nirgends gefunden. Am Tor standen Name *und* Vorname. Diese Kombination trug aber jemals außer mir nur ein längst verstorbener Onkel.

Ich zögerte natürlich nicht lange. Zwar war ich, trotz des Sonntages, auf dem Weg zu einem Mandanten, der damals gerade in einem kleinen, von

Elisabethinerinnen geleiteten Spital dort in der Nähe lag. Die Zusammenhänge werden Sie später sehen. Zwar war es Sonntagvormittag und selbst unter so ausgefallenen Namensvettern vielleicht nicht die schickliche Besuchszeit. Dennoch läutete ich.

Es rührte sich eine Zeitlang nichts. Ich legte mir ein paar einleitende Worte zurecht. Da kam ein Mann in einer weißen Schürze sowie mit einem Bund Schlüssel und rief mir schon vom Haus aus zu:

»Ich dachte schon, daß Sie überhaupt nicht mehr kommen.«

Er sperrte das Tor auf, nahm mir den Schirm ab und führte mich ins Haus. Ich überlegte aufs neue — da nach der veränderten Situation offenbar eine Verwechslung vorlag — meine ersten Worte. Da nannte er mich beim Namen und ließ mir den Vortritt ins Haus.

Ich kam in eine Halle, die — nach den außen geschätzten Maßen des Hauses — gut drei Viertel des ganzen Gebäudes ausmachen durfte. Die Halle war finster. Ganz hinten brannte ein grünliches Licht und beleuchtete die exotische Statue eines Mannes mit zwei Paar Flügeln: ein Paar aufwärts gerichtet, wie bei unseren Engeln, ein Paar gegen den Boden gekehrt. Es war eines jener recht primitiven, durch das grünliche Licht sogar lächerlichen orientalischen Arrangements, wie man sie vornehmlich in Wohnungen von Leuten findet, die als bessere Commis voyageurs durch Zufall einmal im Dienst einer Luftfahrtgesellschaft ein paar Monate in Rangoon oder so Billetts geschrieben haben. — Es war aber kein Arrangement, und es war auch keine Statue, denn der Mann mit den vier Flügeln trat auf mich zu. Die Flügel ließ er hinter sich. Sie gehörten einer richtigen Statue, die eine weibliche, recht rundbusige und bis auf die Flügel äußerst realistisch behandelte Gottheit darstellte.

Der Mann bat mich, in einem Sessel — mit dem Rücken zur Göttin — Platz zu nehmen. Ich hatte inzwischen eine Anrede zu formulieren mir erübrigt und glaubte das Recht zu haben, mich meinerseits anreden zu lassen.

»Sie nehmen wohl nicht an«, sagte der Mann nach einigem indischen Begrüßungsgetue mit Händen und Füßen, »daß wir das alles für Sie nur so umsonst tun.«

»Ich verstehe nicht«, sagte ich. »Was tun Sie für mich? Soviel ich sehe, haben Sie ein Schild mit meinem Namen an Ihrem Tor anbringen lassen. Wollen Sie mir das Haus schenken?«

Ich hatte bis dahin gedacht, Orientalen wären

nicht zu verblüffen. Meine Frage überstieg aber offenbar die betreffende Fähigkeit meines Gegenübers.

»Das hat vor Ihnen noch keiner gefragt!«

»Sie machen das also zur Gaudi?« Sie dürfen nicht denken, daß ich immer von vornherein so schlagfertig und kühl unhöflich bin. Nur die Gegenwart des präpotent Indischen machte mich frech.

»Wir haben uns die Mühen gemacht — von denen das Schild in Gold anzufertigen die geringste war —, weil wir Sie für würdig befunden haben, in unsere Mysterien aufgenommen zu werden.«

»Danke«, sagte ich. »Sie sind vermutlich so etwas wie die Zeugen Jehovas. Ich bitte Sie, zur Kenntnis zu nehmen, daß ich katholisch bin.«

»Das achten wir«, sagte er, »aber auch Ihr Gott achtet unsere Mysterien.«

»Was Sie nicht sagen.«

»Die Tiefe unserer Geheimnisse ist tiefer als die Schöpfung. Unsere Tiefe ist tiefer als das Nichts. Das All der Alle ...«

Ich stand auf. Am nächsten Tag, nahm ich mir vor, würde ich mir einmal das betreffende Grundbuchblatt anschauen, um festzustellen, wer Eigentümer des Hauses war.

»Stehen Sie nicht auf«, sagte er. »Denn Sie sind schon zu weit vorgedrungen.«

»Gewiß«, sagte ich, »es war unverzeihlich, an Ihrer Tür zu läuten.«

»Ich muß Sie warnen«, sagte er. »Wer dieses Haus verläßt, ohne das Heilige Drei-Ding mitgenommen zu haben, dessen Leben ist fernerhin gezeichnet.«

»Was für ein Heiliges Drei-Ding?«

»Alle Welt kennt es, aber wir dürfen es nicht nennen. Jewashmi — ich rufe meine Tochter — Jewashmi!«

Ich drehte mich in die Richtung seines Blickes. Was ich für eine Göttin gehalten hatte, war Jewashmi. Sie begann sich zu rühren, schüttelte bei hocherhobenen Armen ihren runden Busen und stieg langsam vom Podest herunter. Die Flügel gehörten jetzt — vielleicht aber endgültig — einem lebensgroßen Schwein aus Jade, vor dem sie gesessen hatte. Unter vermutlich heilig-obszönen Bewegungen löste die sonst, wie bereits oben festgestellt, splitternackte Jewashmi einen tief sitzenden, stramm einschneidenden, ihren Schoß verdeckenden Gürtel, eher aber eine Art Kummerbund aus metallischem Stoff. Es wäre Zugnummer eines feudalen Nachtlokales gewesen, wie sie mystischschamlos ihren Schoß enthüllte und gleichzeitig damit eine kleine, grüne Figurengruppe, die sie in die Hände nahm und in einer Art entrücktem Bauchtanz zu uns brachte. Es war die bekannte Figurengruppe der drei Affen, von denen sich je einer die Ohren, die Augen und den Mund zuhält.

»Sie hat«, sagte der Inder, »jetzt symbolisch geboren.«

»Aha«, sagte ich, »daher der Ausdruck ›entbunden‹.«

Er nahm der Tochter die Figur aus der Hand. Sie kehrte, wieder mystisch zuckend, zu ihrem geflügelten Schwein zurück.

»Da«, sagte er, »nehmen Sie.«

Ich war im Widerstreit zwischen höflichen und hygienischen Bedenken. Ohne es zu nehmen, sagte ich: »Ja, ja. Ich kenne diese Affen. Sie erinnern mich immer an das Verhalten von Zeugen in Ehescheidungsprozessen: ich habe nichts gesehen, ich habe nichts gehört, und ich verweigere die Aussage.«

Er verzog — hier doch wieder ganz Orientale — keine Miene. »Sie sind aus grünem Speckstein. Die unteren Grade haben das Heilige Drei-Ding nur aus Elfenbein. Sie sind für würdig befunden worden, sofort das Heilige Drei-Ding aus grünem

Speckstein zu bekommen. Allerdings: wenn Sie es nicht nehmen, wird Ihre Gefährdung um so größer sein.«

»Dennoch«, sagte ich, »nein, danke. Ich wüßte nicht, wo ich es hinstellen sollte.«

»Wenn Sie es aber nehmen, so sind Sie künftig der Mysterien teilhaftig, von denen dies hier« — er wies auf die nackte Tochter beim geflügelten Schwein — »nur eine Ahnung ist, ein Nichts... Ich habe neunundneunzig Töchter.«

»Nein«, sagte ich, »aber ich kann Ihnen bestimmt Interessenten empfehlen...«

Da kehrte auch er zu Tochter und Schwein zurück, und der wohl nicht minder mystische Hausknecht führte mich, gelinde gesagt, hinaus. Die Tafel mit meinem Namen war bereits entfernt worden. —

Ich war im Zweifel — etwas benommen immerhin setzte ich meinen unterbrochenen Weg ins Krankenhaus fort —, ob es sich um ein höchst raffiniertes Bordell oder um einen Narrenturm gehandelt habe. Ich nahm mir fest vor, der Sache nachzugehen. Es hat sich dann, wie Sie sehen werden, erübrigt. Um Ihnen aber dies zu erzählen, muß ich von einer anderen, früheren Seite der Geschichte anfangen, von einer Seite, von der sie wie eine einfache Mordgeschichte aussieht, und es ist die gleiche Geschichte, zu der das Haus mit dem geflügelten Schwein gehört. —

Sie kennen die ›Wasenmeister-Stuben‹? Dort hatte sich Dr. Tributnik an dem Abend, an dem er dann verschwand, mit einer Reihe von Freunden getroffen. Ich war zu der Gesellschaft gekommen, nachdem sie schon fast vollzählig war. Ich erwartete mir einiges von dem Abend, da Dr. Tributnik merkwürdig geheimnisvolle Einladungen versandt hatte, abgesehen davon, daß in Dr. Tributniks Gegenwart immer irgend etwas passierte. Die ›Wasenmeister-Stuben‹ waren eines der Lieblingslokale Tributniks, eines der Lokale, die sich auf Grund langjähriger Gepflogenheit stillschweigend verpflichtet hatten, ihre Musikkapellen auf die Sekunde nach dem Eintritt Tributniks in den Raum den Radetzkymarsch anstimmen zu lassen, gleichgültig, welches Stück dadurch auch unterbrochen wurde. Tributnik tat stets, als höre er den Radetzkymarsch gar nicht, belohnte die Musik mit einer mürrischen Bemerkung, hätte aber unweigerlich ex nunc das Lokal gemieden (und mit ihm ein beachtlicher Personenkreis), wenn der Radetzkymarsch nicht gespielt worden wäre. Die Theorie, daß Tributnik mit seiner mürrischen Quittung für die Ovation seine tatsächliche, immer wieder erneuerte, tiefe Rührung überspielte, wird richtig gewesen sein. Denn Tributnik war von Herzen Kakanier, beging den 18. August mit einem privaten Feuerwerk — wozu er, da bei uns nur zu Silvester Raketen und dergleichen verkauft werden, für den Einkauf ein gutes halbes Jahr vorausplanen mußte —, blieb am Tag von Königgrätz in einem schwarzen Pyjama im Bett, was man über seine Haushälterin (nach anderen Gerüchten gleichzeitig seine Geliebte) erfahren hatte. Dr. Tributnik, der schon Jahre davor die ›LIGA ZUR BEKÄMPFUNG DES ANTIALKOHOLISMUS‹ ins Leben gerufen hatte, später dann den ›KAMPFBUND 45-STUNDEN-MONAT‹ — beider Präsident war selbstredend er —, wollte an jenem Abend das ›KURATORIUM UNTEILBARES ÖSTER-REICH-UNGARN‹ gründen. Die Mitglieder aller drei Organisationen waren im großen und ganzen jeweils dieselben, nur die Funktionen der einzelnen Mitglieder waren nach Vereinen verschieden. Ich war in der ›Liga‹ einfaches Mitglied, im ›Kampfbund‹ Justitiar und sollte im ›Kuratorium‹ — dessen Ressorts sich geographisch bemaßen — der Vertreter der Gefürsteten Grafschaft Tirol werden. Tributnik, das muß ich hier vorausschicken, war auf

Grund widriger Umstände nicht mehr auf dem Gebiet des ehemaligen Österreich-Ungarn ansässig. Der Verein wurde also als Exilverein gegründet, was aber seiner schroff legitimistischen Konzeption entgegenkam. Zahlreiche Mitglieder der ›Liga‹ und des ›Kampfbundes‹, die nun auch für das ›Kuratorium‹ vorgesehen waren, hatten weder nach Wohnsitz noch nach Herkunft mit dem gängigen Begriff ›Österreich-Ungarn‹ zu tun. Dennoch wurde ihnen kraft des gediegenen Wissens des Historikers Tributnik und der umfassend imperialistischen Ansprüche des ›Kuratoriums‹ eine Mitgliedschaft in allen Fällen ermöglicht. Für einen aus Freiburg im Breisgau gebürtigen Freund von mir wurde beispielsweise das Referat ›Vorderösterreichische Erblande‹ geschaffen. Selbstverständlich erkannte Tributnik weder den Frieden von Hubertusburg an (was allen Schlesiern die Mitgliedschaft ermöglichte) noch die bourbonische Erbfolge in Spanien (so daß je einem interessierten Peruaner und einem Filipino der Zutritt zum ›Kuratorium‹ eröffnet ward).

Bevor aber die konstituierende Versammlung dazu gekommen war, das ›Kuratorium‹ de jure zu gründen, verschwand Tributnik zunächst auf die Herrentoilette, dann für immer. Leider war die letzte mir bekannte Äußerung Tributniks ganz unwürdig für diese Gelegenheit. Er erzählte — nachdem er sich für den menschlichen Moment entschuldigt und apropos Toilette etc. — seinen ›Ritus von Toblach‹. Sie müssen dazu wissen, daß Doktor Tributnik Slowene war, aus Marburg an der Drau gebürtig, unter König Tomislav II., dem Unsichtbaren, Privatdozent in Agram und Patriot, danach von Tito zum Tode verurteilt. Diesem Urteil durch eine mutige Flucht über den istrischen Karst und Triest in den Westen entzogen, war es für den unsägliches Heimweh leidenden Tributnik außer jeder Diskussion verwehrt, heimatlichen Boden wieder zu betreten. Es gäbe ein falsches Bild vom seligen Tributnik, wenn man behaupten möchte, er hätte sich über seine ihm verwehrte Heimat nicht getröstet, zumindest sein Exil nicht versüßt durch amouröse Umstände und durch seinen Weinkeller, besser: durch den Wein überhaupt, denn er trank ihn, wie es sich ja eigentlich versteht, am liebsten dort, wo er wächst. So fuhr Tributnik alle Vierteljahre mindestens — was seiner Vollkaskoversicherung mit schöner Regelmäßigkeit jeweils einen Kotflügel kostete — nach Südtirol. Kam er bei diesen Ausflügen in die Gegend von Toblach, wo die Drau entspringt, so pflegte er den Überfluß an Flüssigkeit, den der Wein in ihm zurückgelassen, beseligt in die junge Drau zu entleeren und dabei zu rufen: »Grüß mir meine Vaterstadt!«

Diese Geschichte erzählte, mit mürrischem Behagen, Tributnik jedesmal, wenn er sich — wie gesagt — für kurze Zeit mit Menschlichem entschuldigte. Nur kam er dieses Mal nicht mehr zurück.

An plötzliche Launen Tributniks gewöhnt, vertagte man die Gründungsversammlung des ›KURATORIUMS UNTEILBARES ÖSTERREICH-UNGARN‹. Einige der verhinderten Gründungsmitglieder suchten andere Stammlokale Tributniks auf. Er war nicht zu finden. *Alle* Stammlokale Tributniks abzuklappern, wäre selbst einer vielzähligen Gründungsversammlung unmöglich gewesen. Deshalb gab man sich mit mehr oder weniger anzüglichen Vermutungen zufrieden.

Am folgenden Nachmittag kam Frau Schiller zu mir. Ich war gerade beschäftigt, einem meiner lästigsten Mandanten zuzuhören, einem gewissen Stojne Primaballerinević, einem halbmazedonischen Gemischtwarenhändler. Primaballerinević gegenüber war ich in einer sehr zwickmühlenhaften Lage. Ich hatte ihn in einem Prozeß gegen die hiesige Universität vertreten. Es war dies ein sehr verwickelter Rechtsfall gewesen, denn Primaballerinević hatte der Anatomie seinen Körper nach dem Tod verkauft, sich dabei aber als sein eigener Zwillingsbruder ausgegeben. Der Prozeß war nicht zu gewinnen gewesen. Dennoch faßte Primaballerinević ein so unbegrenztes Vertrauen zu mir, daß er versuchte, mir die Vertretung in einem noch viel komplizierteren Rechtsfall aufzutragen. Leider richtete sich der Fall ausgerechnet gegen meinen Freund Tributnik. Tributnik und Primaballerinević hatten vor Jahren gemeinsam eine Firma zum Import japanischer Zahnprothesen gegründet. Das beiden Partnern denkbar sachfremde Geschäft war weit davon, je Profit abzuwerfen, und die Firma ›DENTO-TRI-PRIMA‹ schlief nach einiger Zeit ein. Völlig unerwartet meldete nach Jahren Primaballerinević Tributnik gegenüber unglaubliche Forderungen an, die sich auf Summen bezogen, die Tributnik Primaballerinević bei der Liquidation der Firma angeblich schuldig geblieben war. Die Forderungen setzten sich aus zahllosen Einzelposten zusammen: Reisespesen, Lichtrechnungen, Posten für Zündhölzer, die dafür zu verwenden waren, die Kerzen anzuzünden, mit denen der Siegellack heißgemacht wurde, um Pakete mit mangelhaften Gebissen, die nach

Japan zurückzuschicken waren, als Wertpakete zu versiegeln. Belege fanden sich in Unzahl, in Latinitza und Kyrillitza. Da aber sowohl eine auch nur andeutungsweise Buchführung als auch nur der Schimmer einer formalen Liquidation fehlten, war es ebenso schwer wie leicht, die Forderungen schlüssig zu begründen wie glaubhaft zu bestreiten. Ich übernahm die Vertretung Tributniks, ein freundlicher Kollege dagegen die Primaballerinevićs, der sich dann zwei Jahre lang über insgesamt vier Verfahren Primaballerinević - Tributnik ärgerte. Dennoch ließ es sich Primaballerinević nicht ausreden, hie und da mich — den Vertreter seines Gegners — aufzusuchen, um Rat zu holen und über Anwälte und Gericht zu klagen. Er war der verbreiteten Meinung, daß für den Ausgang eines Prozesses weniger die Rechtslage als die Zahl der auf seiner Seite damit befaßten Anwälte ausschlaggebend sei. Schwer genug wurde ich ihn jeweils, meist nur durch massive Vorwände, wieder los. Die gemeldete Frau Schiller kam mir deswegen heute gerade recht. Im Vorzimmer mußten sich Frau Schiller und Primaballerinević begegnet sein, und Frau Schiller begann ihren Disput mit mir: »Also war *er* vor mir bei Ihnen.«

Frau Schiller war Dr. Tributniks — wie er es

nannte — Gesellschafterin. Er sparte dabei jede Erklärung aus, ob es sich bei dem Wort um einen Fachbegriff des Gesellschaftsrechts oder um eine sozusagen allgemein-soziologische Bezeichnung handle. Aus der Tatsache allerdings, daß Frau Schiller mit Tributnik die Wohnung teilte und sich das Recht beimaß, allzu häufige Vereinsversammlungen Tributniks — wenn auch vergeblich — anzugreifen, schloß man in Kreisen unter anderem des ›KURATORIUMS UNTEILBARES ÖSTERREICH-UNGARN‹, daß sie seine Geliebte war.

»Also war *er* vor mir bei Ihnen.« — Ich war, nichts verstehend, um eine Antwort verlegen.

»Sie sagen natürlich nichts«, fuhr sie fort, »und vielleicht war es gut, daß er bei Ihnen war.«

»Ja«, sagte ich. »Aber worum dreht es sich?«

»Um Tributnik natürlich.«

Ich erwartete eine mittelbare Gardinenpredigt für die gestrig versuchte Gründungsversammlung.

»Tributnik ist nämlich gestern nicht nach Hause gekommen, und auch heute ist er noch nicht da.«

Das kam vor ... Es gab Lokale, die für Tributnik ihre Sperrstunde illegal bis in den folgenden Nachmittag verlängerten.

»Na ja«, sagte ich, »ich habe ihn zuletzt ...«

»Ich weiß schon, daß Sie mit ihm saufen. Es ist

Ihre Sache. Aber eigentlich doch nicht Ihre Sache. Und der Primaballerinević, der ja ein Verbrecher ist, wie Sie wissen, war gestern noch bei ihm.«

»In der Nacht?«

»Nein. So um viere. Sie haben Slibovitz getrunken.«

»Der Primaballerinević trinkt nichts anderes«, sagte ich.

»Aber was: es fällt mir auf, daß heute der Tributnik verschwunden ist. Ahnen Sie nichts?«

Ich erklärte mit verhaltener Energie das mit den illegalen Sperrstunden und daß sie, Frau Schiller, dies ohnehin besser wissen müsse. Ich redete eine Zeitlang, ohne sie mehr zu Wort kommen zu lassen, was die bei Frauen häufige Reaktion hervorrief: der Zorn wandelte sich in Tränen.

»Ich weiß«, röhrte sie endlich auf, »daß mein Tributnik ein schlechter Mensch ist, aber jetzt, wo der Primaballerinević bei Ihnen war, weiß ich es genau, daß etwas anderes mit ihm ist, nicht daß er wie sonst nicht heimkommt, weil er sauft. Der Primaballerinević ist mir ärger als eine Nonne am Freitag.«

Und dann kam nach einer geheimnisvollen Einleitung eine Geschichte, die den monströsen Rechtsstreit Primaballerinević - Tributnik in einem ganz neuen Licht zeigte, das — bei näherer Kenntnis aller Umstände und insonderheit von Primaballerinević' Charakter — gar nicht unmöglich erschien.

Primaballerinević hätte, das war die Essenz der umwegreichen Erzählung der Frau Schiller, zur Zeit der Geschäftsverbindung mit Tributnik neben seiner Frau noch eine Geliebte gehabt. Die Geliebte habe Primaballerinević alles in allem fünftausend Mark gekostet in einem halben Jahr. Diese Ausgabe war vor Frau Primaballerinević nicht zu verbergen gewesen, und Primaballerinević kam ihr gegenüber auf die Ausrede, Tributnik habe ihn um das Geld betrogen. Frau Primaballerinević drängte darauf — naiv oder zynisch, das war ungewiß —, die Summe einzuklagen. Das kostete — da die Prozesse naturgemäß aussichtslos waren — das Geld für weitere zwei bis drei Geliebte (wenn man allein die ceylonesischen Zeugen bedenkt), führte aber auch dazu, daß Primaballerinević zuletzt selber an seine Lüge glaubte, die sich bei dem von ihm erhofften wundergleichen Ausgang des Prozesses zu seinen Gunsten als doppelt zweckmäßig erwiesen hätte. —

»Und was war dann gestern um viere?«

»Das weiß ich nicht.«

»Haben sie gestritten?«

»Wohl«, sagte Frau Schiller.

»Ich halte, im Vertrauen gesagt, Ihre Version der Primaballerinevićschen Prozesse für, sagen wir: nicht unhaltbar. Aber warum meinen Sie, daß Tributnik deswegen verschwunden ist?«

»›Verschwunden‹ ist nicht ganz der richtige Ausdruck.«

»Hat Primaballerinević Tributnik verschleppt, in einen Keller, ha?«

»Nein«, sagte Frau Schiller, »er hat ihn umgebracht.« – Wieder war ich um eine Antwort verlegen.

»Wissen Sie was«, sagte ich nach einiger Zeit, »es ist Ihnen ja kein Geheimnis, daß es eine Frau Tributnik gibt, die ich so wenig kenne wie Sie, von der wir aber wissen, daß sie in Triest lebt. Ich glaube, wir nehmen zunächst den für Sie weniger schmerzlichen Fall an, daß Tributnik zu seiner Frau nach Triest gefahren ist?«

Ohne ein weiteres Wort verließ mich Frau Schiller, worüber ich nicht ganz unglücklich war. Ich versuchte, nach einigen Anläufen auch mit Erfolg, an Frau Tributnik in Triest zu telegraphieren. Er war nicht bei ihr; er war auch nicht dort gewesen. Da er auch bei uns nicht mehr auftauchte, gab es uns mit der Zeit zu denken, allerdings erst, als Frau Schiller ihren Mordverdacht bereits der Staatsanwaltschaft gemeldet hatte.

Abgesehen davon, daß ich von den verschiedenen Vereinen Tributniks eine Zeitlang nicht in Anspruch genommen ward — was bei den äußerst lockeren Statuten dieser Vereine ohnedies nicht weiter auffallend war —, dachte ich während der ersten, erfolglosen Versuche, Frau Tributnik in Triest telegraphisch zu erreichen, weiter nicht mehr an meinen verschwundenen Freund, war auch mit anderen Dingen beschäftigt und erwartete, daß er sich — wie schon öfter und leger praktiziert — unangemeldet in der Kanzlei einfinden würde, als wäre nichts gewesen. Eines Abends ging ich so in die ›Wasenmeister-Stuben‹. Hier stimmte es mich einigermaßen merkwürdig, daß ich einmal Tributnik nicht antraf und vor allem, daß man ihn in dem Lokal seit der vertagten Gründungsversammlung des ›KURATORIUMS UNTEILBARES ÖSTERREICH-UNGARN‹ nicht mehr gesehen hatte. Aber auch das vergaß ich anderntags über meiner Arbeit. Weder Frau Schiller noch Primaballerinević behelligten mich. Da bekam ich, spät in der Nacht, ich hatte mich eben hingelegt und las, einen telephonischen Anruf höchster Merkwürdigkeit.

Ein alter Mandant von mir war der General außer Diensten der königlich-jugoslawischen und Oberst außer Diensten der kaiserlich und königlichen Armee, Seine Exzellenz Leopold Ignaz Konstantin Otman de Lavis, Edler von Otmanović, ein sehr schwerhöriger Herr von serbisch-welschtyroler Abkunft, der zum Vorstand der hiesigen serbisch-prawoslawischen Kirchengemeinde gehörte und für den ich gegen Gotteslohn (serbisch-prawoslawischen Ritus) die umfangreichen und heiklen Gründungsformalitäten dieser Kirchengemeinde erledigt hatte. Allein die Tatsache, daß Otmanović zu einem Telephon griff — man sagt, er habe dies überhaupt nur zweimal getan: das erstemal, als er in der letzten Isonzoschlacht, nachdem alle Patronen verschossen waren, im Nahkampf mit einem Feldtelephon einem Italiener den Schädel einschlug, was aber die Lage bekanntermaßen nicht mehr rettete; das andere Mal, als ihm der berüchtigte Weinhändler Stankev zum Leopoldstag statt einer Kiste Magdalener weißen Mosel lieferte —, allein die Tatsache also, daß Otmanović zum Telephon griff, war alarmierend. Das Gespräch selber war mysteriös.

»Hallo?« sagte ich, nachdem sich zunächst eine Zeitlang auf der anderen Seite nichts gerührt hatte.

»Hier spricht Otmanović«, erklang es dann mit dem wie von süß-rauhem Reif überzogenen Deutsch der Balkanvölker.

»Ah, General«, sagte ich, »was gibt es?«

Südosteuropäer sprechen ihrer Natur nach mit Grabesstimme. Wenn aber ein k. u. k. Oberst außer Diensten, der in Essegg geboren ist, das Wort ›Sarajevo‹ ausspricht, so weht den Empfindsamen der Hauch aus einer anderen Welt mit kühlem Moder an.

»Sarajevo«, sagte Otmanović, »ist ein Dreck, Freund.«

Betäubt noch von dem Wort ›Sarajevo‹, das Otmanović zelebrierte, verstand ich nichts.

»Leider«, sagte ich nach einer Zeit — das Gespräch zog sich sehr stockend hin, Otmanović war eben ungeübt im Telephonieren — »leider kenne ich Sarajevo nicht und kann also nicht, obwohl ich Ihnen natürlich glaube ...«

»Ich meine nicht Sarajevo, ich meine Sarajevo«, das schreckliche Wort, zweimal ..., allerdings je eine Nuance verschieden, sozusagen aus verschiedenen Grüften kommend. Er meinte also nicht den Ort, sondern den historischen Vorgang ›gleichen Namens‹. »Sarajevo war das Ende der Monarchie. Das Attentat auf Tributnik wird das Ende der freien, heiligen Prawoslawischen Kirche sein, und Grabovac hat ihn umgebracht.«

»Was?«

»Machen Sie in einer Stunde auf. Ich komme.«

Er hängte ein. Wenn sich ein Mann wie Otmanović eine Geschichte lange genug einbildet, scheut er sich nicht, wegen eines spintisierenden Gedankens jeden anderen um Mitternacht aus dem Bett zu treiben. Nichts wirbelt die Werturteile so gründlich durcheinander wie die Emigration. Nun ja — war es bange Ahnung oder die Wirkung des wiederholten ›Sarajevo‹ —, ich verbrachte die Geisterstunde bis zur Ankunft Otmanovićs in unangenehmer Ruhelosigkeit. Schlag eins läutete es. Ich hatte mich inzwischen wieder angezogen und empfing den General.

In jedem Slawen steckt ein Dostojewskij. Das weiß man, wenn man lang genug eine Kanzlei mit vorwiegend östlicher Klientel geführt hat und gezwungen war, slawische Tatbestandsschilderungen entgegenzunehmen. In zeremoniöser Umständlichkeit entfaltete mir Otmanović seinen schrecklichen Verdacht wie eine riesige Generalstabskarte im Geist. Dr. Tributnik hatte vor Jahren ein Haus in einer entlegenen Straße der Stadt gekauft, als ihm gerade bedeutende Mittel aus dem Lastenausgleich zugeflossen waren. Dieses Haus hatte Tributnik — obwohl selber römisch-katholisch — dem General Otmanović vermietet, der es wieder seiner Kirchengemeinde weitervermietet hatte, die darin — wie ich bis zu jener Stunde vermutete — unschuldige Gottesdienste abhielt. Dr. Tributnik hatte das Haus nie bewohnt.

Ich will mich nun nicht der kunstreichen Erzählart des Generals Edlen von Otmanović bedienen, sondern die ohnehin genug verworrenen Umstände und Verdächtigungen des alten Offiziers ungefähr dem Sinn und der Reihe nach wiedergeben.

Dazu muß man wissen, daß damals in unserer Stadt plötzlich ein gewisser Momčilo Pneumović aufgetaucht war, der — Otmanović sagte: zu Unrecht — sich als Erzpriester und Abgesandter des Patriarchen von Belgrad ausgab. Mit Hilfe anscheinend unbegrenzter Geldmittel zog dieser Pneumović eine Konkurrenzkirche zur Otmanovićischen Kirchengemeinde auf. Otmanović bezeichnete Pneumović schlicht als Spion. Ein hauptsächlicher Dorn im Auge war ihm aber der junge Begleiter des Erzpriesters, der schon genannte Diakon Tescho Grabovac.

Nach anfänglichen Reibereien hatte Otmanović eingesehen, daß seine wütenden Ausfälle gegen den Schismatiker Pneumović nicht nur wirkungslos, sondern sogar überflüssig waren, denn die Schafe der freien Kirchengemeinde blieben fromm um Otmanović geschart und dachten — bis auf völlig unbedeutende Ausnahmen — nicht daran, sich in die geistliche Obhut des verdächtigen Erzpriesters Momčilo zu begeben.

Dies aber, die Ermordung Dr. Tributniks, wäre ein Schlag gegen die Basis der Kirchengemeinde, gegen das Gotteshaus nämlich. Denn, so sagte Otmanović, die Witwe Tributnik in Triest, der das Haus mangels anderer Erben jetzt zufiele, sei bekanntermaßen eine turbulente Katholikin und würde die armen Prawoslawen sofort aus ihrem Haus eliminieren.

Mir erschien auch dieser Mordverdacht, der sich wie der von Frau Schiller auf das bloße, vielleicht nur zeitweilige Verschwinden Tributniks gründete, unglaubwürdig, außerdem das Gedankengebäude Otmanovićs, der offenbar aus dem möglichen Tod Tributniks eine Katastrophe für seine Kirche mit Gewalt ableiten wollte, nicht ganz einleuchtend, zumindest aber verfrüht und keineswegs geeignet, einen Mitternachtsbesuch beim Anwalt zu rechtfertigen. Langsam aber, nur ganz langsam schälte sich aus den windungsvollen Ausführungen des Generals die echte Angst heraus, um die es ging: die Gottesdienste waren das wenigste im Hause Tributniks, vor allem befand sich dort — ich war mauloffen überwältigt von dieser Neuigkeit — auf dem Dachboden ein Waffenlager und im Keller eine Druckerei für falsche Pässe und falsche Dinarnoten. Die falschen Dinar sollten — nach bewährtem Beispiel — Titos Währung zersetzen (als ob das nötig wäre), die echten Gewehre sollten für einen Überfall auf das jugoslawische Konsulat verwendet werden.

»Aha«, sagte ich gähnend, obwohl brennender interessiert als zuvor. »Und was befürchten Sie nun?«

»Junger Mensch«, sagte Otmanović, »wenn die Witwe Tributnik einmal ihr Haus anschauen will? Oder wenn irgendwas mit der Erbschaft ist? Steuern? Schulden?«

»Und Tributnik?« sagte ich.

»Hat es gewußt.«

Ich stand auf.

»Herr von Otmanović«, sagte ich, »wir reden hier von Tributnik, als ob er wirklich tot wäre. Es ist doch unsinnig.«

»Er ist tot.«

»Es ist merkwürdig. Auch Frau Schiller, die Sie ja kennen, behauptete schon vor vierzehn Tagen, Ahnungen zu haben. Sie meint übrigens, Stojne Primaballerinević habe ihn umgebracht.«

»Grabovac hat ihn umgebracht.«

»Gut. Um zu einem Ende zu kommen: nehmen wir an, Grabovac habe Dr. Tributnik umgebracht. Was kann ich dann für Sie tun?«

General von Otmanović überlegte eine Zeitlang. Dann erklärte er in weiterem umständlichen Dialog, daß er — mit Recht, wie ich, seine Voraussetzungen angenommen, sagen mußte — befürchte, im Falle einer Anzeige gegen Grabovac selber die Polizei auf den Hals zu bekommen, was ihm und der prawoslawischen Kirchengemeinde angesichts des Waffenlagers und der falschen Dinare nur wenig recht sein mußte. Otmanović hatte, und das war der eigentliche Grund seines Anrufes und des Besuches, von mir erwartet, daß *ich* Grabovac anzeigen würde. Das lehnte ich — zur Empörung Otmanovićs — aus Standesrücksichten ab. Ich riet dazu, Grabovac ganz einfach überhaupt nicht anzuzeigen. Das duldete aber Otmanovićs heiliger Racheeifer nicht. Es gelang mir, die Geschichte zu vertagen. Otmanović wollte anderntags wiederkommen. Sollte auch, drohte er, unser zweites Gespräch für ihn kein befriedigendes Ergebnis zeitigen, würde er durch treue Prawoslawen den Grabovac ebenso verschwinden lassen wie dieser den Tributnik. Trotz dieser Drohung schlief ich, nachdem Otmanović gegangen, erleichtert und zufrieden ein.

Am anderen Tag war das Problem überraschend gelöst, und zwar so, daß sogar Otmanović, wenn auch ungern, fürs erste zufrieden sein mußte: ich hatte mit der Vormittagspost eine Zeugenvorladung bekommen. Ich ward zur Kriminalpolizei bestellt in der Mordsache Dr. Ferdinand Tributnik. Durch einen Anruf stellte ich fest, daß Frau Schiller das Verfahren ins Laufen gebracht hatte. Als einer von denen, die das Opfer zuletzt gesehen hatten, war ich vorgeladen. Ich versprach Otmanović, daß ich — ohne ihn zu nennen — seinen auf Grabovac zielenden Verdacht sozusagen von hinten her bei der Polizei aktenkundig machen würde. —

Die Sache führte ein gewisser Oberkommissär Brunnermaier, den ich kannte. Aus Prestigegründen entschuldigte ich mich für den ersten von ihm festgesetzten Vernehmungstermin und bat um einen anderen, zu dem ich dann zwar auch so wenig oder so viel Zeit hatte wie zum ersten, aber es gebietet gleichermaßen Standesehre und Geschäftssinn dem Anwalt, ungesund beschäftigt zu erscheinen. Oberkommissär Brunnermaier ließ dann mich — vermutlich auch aus Prestigegründen, denn ich nehme nicht an, daß er als abgefeimter Psychologe mich aus einem versteckten Guckloch heraus beim Warten beobachtete — zehn Minuten in seinem Amtszimmer warten. Das Amtszimmer eines Polizeikommissärs erweckt bei braven Gemütern, die derlei aus der einschlägigen Literatur und dem deutschen Kriminalfilm kennen, romantische Ideen. In Wirklichkeit besteht so ein Amtszimmer aus Fiskalmöbeln der für die mittlere Laufbahn vorgesehenen Ausführung, einem Aktenbock mit Kakteen, einem Rollschrank, dessen Abteilungen dienstlich (Formulare) oder privat (Butterbrot, Thermosflasche, Abortpapier) genutzt sind, überheizter Zentralheizungsluft, einem Geruch von Bohnerwachs unterer Gebührenklasse, vielen Kalendern, einigen Bildern abstrakten Inhalts (die Stadt kauft jährlich zur Pflichtförderung junger einheimischer Talente einen Posten moderner Kunst, der seine unsichere Wertsteigerung dann in Amtsräumen abwarten muß) und privaten Ziergegenständen. Zu diesen Ziergegenständen gehört obligatorisch eine Ansammlung von Ansichtspostkarten, die von im Urlaub befindlichen Kollegen ins Amt geschrieben und dort mit einem *(einem)* Reißnagel angeheftet werden, weswegen sie sich in der trockenen Luft lockenartig aufrollen. Daneben gibt es fakultative Ziergegenstände: Bilder der Ehefrau, kleine Teddybären, auch Bilder kleiner Teddybären, eine Uhr.

Brunnermaier hatte auf seinem Schreibtisch die drei Gandhi-Affen stehen, den bekannten kunstgewerblichen Schlager Indiens: eineinhalb siamesische Affenzwillinge, von denen sich einer die Augen, einer die Ohren und einer den Mund zuhält, in Jade, mit einer Glückshand auf dem Sockel. Vermutlich, räsonierte ich, hat auch Brunnermaier die Zeugenmentalität zu diesem Symbol gebracht: ich habe nichts gesehen, ich habe nichts gehört, ich verweigere die Aussage. — Ich verweigerte — Brunnermaier kam mit Entschuldigung nach zehn Minuten — keine Aussage, schon weil ich nahezu keine Aussage zu machen hatte. Ich bezweifelte, und Brunnermaier protokollierte es mit einiger Unzufriedenheit, daß Tributnik ermordet worden war, bezweifelte überhaupt seinen Tod. Als ich mir, mich ahnungslos stellend, von dem Oberkommissär den Verdacht auf Primaballerinević erläutern ließ, erwähnte ich, wie mit General von Otmanović verabredet, die gerade bei Tributnik so zahlreichen Verdachtsmöglichkeiten, und ließ beiläufig den Namen Grabovac im Zusammenhang mit dem Problem der gespaltenen serbisch-prawoslawischen Kirche fallen. Brunnermaier bezeichnete das als interessant und notierte sich den Namen Grabovac, als ein Jungpolizist einen offenbar nicht angekündigten Besucher anmeldete.

Ich wollte mich dem Oberkommissär empfehlen, der mich aber nach einigem Nachdenken aufforderte, hierzubleiben.

»Haben Sie die Plakate von CRISPI gelesen?« fragte er.

»Nein«, sagte ich.

»Crispi ist ein holländischer Hellseher. Er hat den berühmten Mordfall vom Gravengraacht in Amsterdam aufgeklärt.«

»Ich kenne den Mordfall nicht.«

»Es handelte sich da um einen als Hahn verkleideten Liebhaber, der seine Geliebte erschossen hat. Die Bevölkerung war — wegen des scheinbar gespenstisch großen schwarzen Hahnes — in ziemlicher Unruhe. Crispi ist ein ausgezeichneter Mann. Ich habe ihn in Holland kennengelernt, als ich letztes Jahr zur Tulpenblüte hingefahren bin.« (Von wo er — jetzt wahrscheinlich lockenartig gerollte — Ansichtskarten an Kollegen ins Amt geschrieben hat.) »Ich war dann in einer Vorstellung von ihm. Er macht bei jeder Vorstellung folgendes: man wählt durch Los einen Platz im Saal, in dem die Vorstellung Crispis stattfindet. Crispi sagt dann von der Person, die auf diesem Platz sitzen wird, alles voraus: Alter, Geburtsort, Geschlecht, Beruf, Lebensgeschichte. Das wird schriftlich festgehalten, vor einem Notar in ein Kuvert getan und von dem Notar verwahrt, der auch dafür sorgt, daß die fragliche Karte völlig normal in den freien Verkauf gelangt. Am Abend wird dann die Person, die auf dem Platz sitzt und natürlich nichts ahnt, auf die Bühne gebeten, was im Kuvert steht, wird vom Notar verlesen, und es stimmt. Ich habe es selber erlebt.«

»Interessant«, sagte ich.

»Ich habe dann — aus beruflichem Interesse sozusagen, weil er ja den Gravengraacht-Mord aufgeklärt hat — nach der Vorstellung Crispi angesprochen. Er war sehr freundlich, kann gut Deutsch und hat mir das da geschenkt.« Er deutete auf die drei Gandhi-Affen.

»Vielleicht«, sagte ich, »fragen Sie ihn wegen Dr. Tributnik. Möglicherweise hat den auch der schwarze Hahn vom Gravengraacht auf dem Gewissen.«

Brunnermaier war über meine Antwort fast beleidigt, nötigte mich aber nichtsdestoweniger, ja: jetzt sogar erst recht hierzubleiben, denn, so sagte er, Crispi sei kein Scharlatan, Crispi sei ein Dämon. Er ließ Crispi bitten.

Herein kam, gerufen von dem Jungpolizisten, ein sehr untersetzter Dämon in einem grauen Zweireiher und schwarzem Hemd. Er hatte stark lockiges Haar, das, zwar weit hinten auf dem Kopf erst beginnend, dafür aber — stramm und kompakt wie ein Block — bis weit über den (ja ohnedies schwarzen) Hemdkragen hinunterhing. Er hatte einen auffallenden Blähhals und redete mit sehr hoher Stimme. Brunnermaier begrüßte ihn mit ›Meister‹. Der Meister blickte aber sehr reserviert auf mich und sagte:

»Ich hätte Sie gern allein gesprochen, Monsieur Brunnermaier.«

Brunnermaier lächelte, winkte ab mit einer Geste, die wohl ›nachher‹ hieß, und forderte zum Sitzen auf.

»Meister Crispi«, sagte er dann. »Ich habe mit Ihnen etwas vor, was mir eben eingefallen ist.«

Meister Crispi runzelte die Nase und zog den Mund nelkenförmig zusammen. Er schien nicht geneigt. Brunnermaier aber zog die Akte ›Mordfall Tributnik‹ noch einmal heraus, öffnete sie und entnahm ihr eine Photographie Tributniks.

»Was sagt Ihnen dieses Bild, Meister?« sagte er und gab es dem Hellseher.

Der Hellseher betrachtete es eine Zeitlang und gab es dann zurück.

»Und?« sagte Brunnermaier.

»Dieser Mann ist tot«, sagte der Hellseher.

»Also!« sagte Brunnermaier zu mir und sprang auf.

»Na ja«, sagte ich und blieb sitzen. »Bei einer Photographie aus einer Akte im Morddezernat zu schließen, daß der Abgebildete tot ist, ist nicht gerade sensationell.«

Crispi machte wieder seinen Nelkenmund.

»Wir wissen nämlich nicht — wir wußten nicht«, verbesserte sich Brunnermaier, »ob der Mann wirklich tot ist.«

»Er ist tot«, sagte Crispi, »seit dem 23. August.«

Das war das Datum der verhinderten Kuratoriumsgründung. Ich war, muß ich gestehen, etwas betroffen.

»Herr Prime . . . ma . . . ballerinović«, sagte jetzt Brunnermaier zu mir, »hat von allen in Frage kommenden Personen das schlechteste Alibi für die Nacht des 23. August, nämlich gar keins.«

»Er wird wohl wieder ein Matschakerl haben.«

»Ein was?« fragte der Hellseher.

»Eheähnlicher Umgang mit einer Person minderer Reputation«, erklärte ich.

»Das Matschakerl werden wir ja im Mordfall — wenn, dann schon sehen«, sagte Brunnermaier und verabschiedete mich.

Sie erinnern sich an das Haus mit den Schweinen am Anfang der Geschichte? Und daß ich damals, an jenem Sonntagvormittag, auf dem Weg in das kleine Spital der Elisabethinerinnen war, um einen Mandanten aufzusuchen? Dieser Mandant war Stojne Primaballerinević, und der Grund, warum er in dem Spital lag, war der, daß er sich einige Zeit nach dem Tag meines Verhörs bei Oberkommissär Brunnermaier auf dem Dachboden seines Hauses die Pulsadern aufgeschnitten hatte. Die Realität läßt sich ebensooft durch das Theater inspirieren wie umgekehrt: die durch den schadhaften Plafond sickernden Blutstropfen hatten die im vierten Stock wohnhafte Familie alarmiert, die wiederum den Selbstmörder rettete. Eine bürgerliche Abwandlung der Szene der ›Fanciulla dell'West‹ hatte sich das kopierende Leben nicht versagt: das Blut tropfte auf die Butter der eben abendessenden Familie.

Zum Selbstmordversuch Primaballerinevićs kam es so: wenige Tage nach der für den wackeren Brunnermaier offenbar so überzeugenden Beurteilung des Falles durch Crispi wurde Primaballerinević aufs neue verhört. Das Verhör muß nicht sehr geschickt oder gerade sehr geschickt gewesen sein, je nachdem, wie man es betrachtet. Ein Geständnis legte Primaballerinević nicht ab. Bei noch nicht ge-

78

fundener Leiche, gestützt nur auf die Begutachtung durch einen Hellseher, war zwar ein Haftbefehl noch nicht zu erwirken gewesen, dennoch müssen Brunnermaiers polizeiliche Drohungen so wirksam gewesen sein, daß Primaballerinević sich wie geschildert am Abend des Tages das Leben zu nehmen versuchte, sei es aus wirklicher Schuld, sei es, weil er sich zwischen dem Verdacht und dem Vorsatz, sein ›Alibi‹ nicht preiszugeben, in einer unlösbaren Zwickmühle befand. Durch Schwester Rinalda, eine offenbar sehr resolute Dame, ließ mich Primaballerinević mit seiner Vertretung beauftragen. Ich zögerte nicht, dieses Mandat des Hilflosen anzunehmen. Ein vermutliches — ich jedenfalls vermutete immer noch so — Hirngespinst der Frau Schiller hatte nun, durch den Selbstmordversuch eines Beteiligten, unleugbare Realität erlangt. Ob Mord oder nicht, ob Tributnik lebendig oder tot, die Geschichte war, zumindest ab jetzt, ein Fall geworden, ein außerhalb jeden Spaßes liegendes Ereignis.

Ich wurde von Schwester Rinalda auf den Sonntag bestellt. Vier Tage nach dem mißglückten Selbstmordversuch, und ich befand mich — nach der indischen Unterbrechung — auf dem Weg ins Spital, beschäftigt damit, meine Gedanken von dem eben Erlebten, dem runden Busen der gegürteten

Göttin auf die ganz andere Welt des rechtlichen Komplexes Primaballerinević umzustellen, als sich mir erhellte, daß dies gar nicht nötig war, denn es gab eine — für mich zwar noch rätselhafte — Brücke: der Drei-Affe, den die indische Sakraldirne symbolisch geboren hatte, war, so erinnerte ich mich heftig und so körperlich plötzlich, daß ich stehenblieb, der Drei-Affe war der gleiche wie der, der auf dem Tisch des Oberkommissärs Brunnermaier stand.

Mein Gespräch mit Primaballerinević im kleinen Spital erschöpfte sich in gutem Zuspruch und Beruhigungen, da ja juristisch noch nicht greifbar gegen ihn vorgegangen worden war. Eine neuerliche Vernehmung war wegen seines Gesundheitszustandes ausgeschlossen. Außerdem machte ich Primaballerinević Hoffnung, daß sich die ganze Sache vielleicht doch noch durch die plötzliche Rückkehr Tributniks von irgendeiner ausgedehnten Weinreise in Luft auflösen würde. Primaballerinević gelobte für diesen Fall, seine sämtlichen Klagen gegen Tributnik zurückzunehmen.

Interessanter war das Gespräch, das ich mit Schwester Rinalda zwischen Tür und Angel des Spitals führte.

»Herr Doktor . . .«

»Ja.«

Sie hatte offenbar mit der Anrede gezögert.

»Was ist der Primaballerinević für ein Mensch?«

Ich erzählte ihr kurz, was ich von Primaballerinević Gutes und aber auch hier Zweckdienliches wußte, und schilderte in großen Zügen die Schwierigkeiten des Falles.

»Ich glaube es nicht, daß er es war, Herr Doktor.«

»Noch ist nicht einmal erwiesen, daß Tributnik tot, geschweige denn ermordet ist.«

»Ich glaube es keinesfalls, daß Primaballerinević irgendwie schuldig ist.«

»Als sein Anwalt«, sagte ich, »bin ich verpflichtet, hier Ihrer Meinung zu sein.«

»Nein«, sagte sie, »ich habe mit ihm gesprochen. Er wollte es. Er hat mir alles erzählt. Wenn es einen Mord und einen Mörder gibt: er war es nicht. Nicht daß Sie meinen, ich müßte alles glauben, was man mir erzählt, weil ich eine Barmherzige Schwester bin. *Ich spüre, wenn ich mit ihm rede: seine Schuld auf Erden hat sich in anderen Sünden erschöpft.*«

Jetzt zögerte ich, ob ich ihr nicht von meinem heutigen Abenteuer und dem kleinen Angelpunkt zum Fall Primaballerinević erzählen sollte. Hätte ich es getan, ich hätte nicht gewußt, was mich dazu gedrängt hätte. Ich zögerte — schwieg dann doch und ging.

Ich spazierte zur Trambahn. Die kleinen, von Villen gesäumten Straßen dieses Viertels waren still, als wäre dieser herbstliche Sonntagmittag eine Geisterstunde. Ohne einen Laut standen die Bäume hinter den hohen Mauern jugendstilischer und gründerzeitlicher Villen. Die Sonne erschöpfte sich in einem matten, etwas wie bläulichen Licht, das selbst um diese Stunde schon ein wenig schräge Schatten werfen ließ und in dem die grauen Häuser mit den Säulen und Loggien ganz besonders plastisch erschienen, kubisch sauber geteilt in goldene und blaßviolette Seiten. Ein Radfahrer, dessen Rad einen kleinen Anhänger zog, auf dem etwas mit Zeltplane Verdecktes lag, blickte mir im Fahren nach, und er erschien mir bei diesem Licht und in dieser Stimmung wie ein Bote aus einer anderen Welt. Aber er hat — meines Wissens jedenfalls — nichts mit der ganzen Sache zu tun. —

Es war der letzte schöne Tag des Jahres gewesen. Am darauffolgenden Montag regnete es, und es wurde merklich kalt. Ich war froh, an diesem Vormittag keinen Termin bei Gericht zu haben, und saß unlustig in meiner Kanzlei. Nun hatte der Gedanke an Tributnik mich zunächst sozusagen belagernd und noch abgewehrt, endlich erstürmt. Seit gestern dachte ich nur mehr an ihn. Aufgewacht war ich damit, daß ich die belustigte Reaktion des grundabendländischen Tributnik mir vorstellte, wenn ich ihm die Geschichte mit dem indischen Nobelbordell erzählen würde. Aber — ich ertappte mich dabei, daß auch ich, wie infiltriert oder infiziert von dem Verdacht, von ihm wie von einem Toten dachte. —

Es war nicht sehr viel los an diesem Vormittag, bis General von Otmanović kam. Er kam öfter, um zu plaudern über die alten Zeiten — die ich nicht mehr gekannt habe, über die er aber mit meinem Vater geplaudert hatte. Mit Umständlichkeit erzählte er mir diesmal, wie er auf der ›Sankt Georg‹ die Meuterei von Cattaro erlebt hatte und wie froh er war, dem verräterischen, geflüchteten Seefähnrich Sesam als sozusagen vorweggenommene Strafe Ende 1917 im Streit über die Qualität zweier rivalisierender Zigeunerkapellen einen Tritt in den Hintern gegeben hatte. Das hatte nur deshalb nicht zu einem Duell geführt, weil Sesam damals noch nicht Fähnrich und damit nicht satisfaktionsfähig war. —

Aber es war heute nicht wie immer das ›Plaudern von den alten Zeiten‹, oder aber ich konnte nicht recht zuhören. Ich wartete — und er offenbar auch — auf einen schicklichen Moment, um auf Tributnik zu sprechen zu kommen.

Otmanović war inzwischen auch von der Polizei verhört worden und hatte selbstredend mit massierten Verdachtsmomenten auf den schismatischen Diakon Grabovac hingewiesen. Ob das nicht ungeschickt gewesen sei, fragte ich. Nein, lachte er, denn man habe bereits begonnen, das Tributniksche Anwesen zu räumen. In unverdächtigen Transporten, ». . . mit Fahrradanhängern?« fragte ich. — »Woher wissen Sie das?« Ich seufzte. — In unverdächtigen Transporten habe man nun schon fast alles verlagert. Aber inzwischen wisse er etwas Neues, das der Sache eine ganz andere Wendung gebe.

Von Berufs wegen war ich über solches, von Laien geäußert, skeptisch, wieder einmal, wie sich zeigte — *allerdings nur scheinbar* — zu Recht. Das erregend Neue war nichts anderes, als daß der mit Otmanović befreundete und mangels anderer vordringlicher Aufgaben darauf angesetzte exilkroatische Privat-Geheimdienst (der von einem Neffen des mit der ›Viribus unitis‹ untergegangenen

österreichischen Flottenchefs, also einem absolut
integeren Mann geleitet wurde) herausgebracht
hatte, der verdächtige Grabovac sei um den Zeitpunkt des Mordes in der Linie 3 gesehen worden.
Der General hatte über diese Erkenntnis eine um-
fangreiche Dokumentation dem Kommissär Brunnermaier zugeleitet.

Das Mysteriöse begann sich zu häufen. In der
Sekunde, wo Otmanović den Namen ›Brunnermaier‹ nannte, rief dieser bei mir an. Er bat mich
— nicht als zu vernehmende Person, wie er be-
tonte, sondern als Anwalt, der wie er alles Interesse daran hätte, den Fall zu klären und dergleichen — zu sich. —

Ich glaubte, mich die fixe Idee beschleichen zu
fühlen, daß ich in ein unentrinnbares Netz um den
Tod des armen Tributnik längst verstrickt war, es
aber erst jetzt bemerkte.

Ich eilte, ohne Rücksichten auf Prestige und
Stand, noch an diesem Vormittag zu Brunnermaier.
Wie ein Freund von ihm empfangen, wies er Zeugen, die gerade in einer anderen Sache vernommen
wurden, aus seinem Zimmer und bat mich, Platz zu
nehmen, nicht am Schreibtisch, ihm und den Gandhi-
Affen gegenüber, sondern in der Ecke mit der
fiskalischen Kunstleder-Sitzgarnitur unter dem

brunnermaierisch privateigenen Gummibaum (den zu begießen zweifellos die täglich erste Amtstätigkeit des Kommissärs war).

»Sie haben«, sagte Brunnermaier, »sicher den staunenswerten Erfolg in den Zeitungen gelesen, den Crispi bei seinem Auftreten gehabt hat.«

Ich bejahte.

»Waren Sie dort?«

Leider, sagte ich, hätte ich an dem Abend der Veranstaltung eine Trauersitzung des ›Vereins Niederbayrischer Jäger‹ gehabt. (Das stimmte, die Trauersitzung bezog sich auf Tributnik, der auch dort Mitglied war, was dann nicht erstaunen wird, wenn man weiß, daß die Satzungen dieses Vereins nur aus zwei Paragraphen bestehen: 1. Keines der Mitglieder darf Niederbayer sein. 2. Keines der Mitglieder darf Jäger sein.)

Brunnermaier war etwas pikiert, fuhr aber dann fort: »Crispi ist noch hier.«

»Ach«, sagte ich.

»Ja«, sagte er, »heute abend — hoffentlich tagen nicht wieder Ihre niederbayrischen Jäger, denn ich hätte Sie gerne dabei — will Crispi den Ort auspendeln, wo die Leiche Tributniks liegt.«

Meine Gefühle waren, wie man so sagt, gemischt. Tatsächlich hatte Crispi unter unzweifelhaft neutraler Aufsicht einiger Professoren und so weiter erstaunliche Fähigkeiten bei seinem Auftritt hier in unserer Stadt gezeigt. Es war ihm kein Experiment mißlungen. Nach seinen schönen Erfolgen hier wäre es sicher abträglich für ihn, wenn er bei der Suche nach der Leiche eines noch nicht einmal gewißlich Toten versagen würde. Zumindest war es ein recht kühnes Risiko für ihn.

»Ich komme«, sagte ich. »Es tagen heute zwar nicht die ›Niederbayrischen Jäger‹, aber ich hätte heute meinen Kegelabend. Den stelle ich zurück.«

»Gut«, sagte Brunnermaier. »Wir treffen uns hier im Präsidium um neun Uhr.«

»Warum so spät?«

»Laves hat nicht früher Zeit.«

»Nanu«, sagte ich, »Laves kommt mit?«

»Freilich«, sagte Brunnermaier schlicht. Das war immerhin bemerkenswert. Professor Laves war Ordinarius für Gerichtsmedizin und Leiter des diesbezüglichen hiesigen Institutes.

Ich stand auf, um mich zu verabschieden. Da bemerkte ich in der Ecke von Brunnermaiers Dienstzimmer offenbar einen ziemlich achtlos hingeworfenen (aber sichtlich dienstlichen, weil versiegelten) Plunder, dessen merkwürdigster Bestandteil etwa ein Dutzend Lanzen war. »Was ist das?« fragte ich.

Brunnermaier lachte. »Wir haben heute früh das Haus Ihres Freundes Otmanović durchsucht, während er bei Ihnen war. Genauer gesagt: das Tributniksche Haus der Serbisch-sowieso-Kirche.«

»Haben Sie denn einen Haussuchungsbefehl?«

»Freilich«, sagte er.

Ich überlegte einen Moment. Otmanović war, strenggenommen, nicht mein Mandant, zwar Freund meines Vaters . . . Sollte ich, einen stillschweigenden Auftrag des alten Mannes in diesem Fall voraussetzend, eingreifen gegen diese Maßnahme der Polizei in Abwesenheit Otmanovićs — also, wie das geflügelte Wort im Polizeibereich lautet, ›etwas außerhalb der Legalität‹? War Otmanović überhaupt rechtlich betroffen? Ich versuchte, meine juristischen Gedanken zu ordnen, und stocherte in dem Haufen Plunder herum. Belastendes fand sich augenscheinlich nicht unter dem Zeug. Es war gewiß der Rest, was Otmanović als letztrangig in Sicherheit zu bringen erachtet hatte. Da stutzte ich. Unter den beschlagnahmten Gegenständen war auch die Figur der drei Gandhi-Affen: aus grünem Stein, mit der Glückshand auf dem Sockel.

»Schauen Sie, da«, zeigte ich darauf hin. »Ihre Affen.«

Auch Brunnermaier stutzte. »Tatsächlich«, sagte

er und ging zum Schreibtisch, um die beiden Figuren zu vergleichen. »Tatsächlich, wie eigenartig.«

Das Wetter am Abend war scheußlich. Der Regen hatte zwar aufgehört, aber der Föhnsturm tobte, und Meister Crispi, wieder im grauen Zweireiher und schwarzen Hemd, klagte über Kopfschmerzen. Dennoch fuhren wir (Brunnermaier, Crispi, Professor Laves, zwei interessierte Kollegen Brunnermaiers, noch ein paar Anhänger Crispis und ich) in drei Polizeiwagen gegen halb zehn vom Präsidium weg. Ich saß nicht im selben Wagen wie Crispi und erfuhr so leider seine Anweisungen nur indirekt. Er gab, scheint's, zunächst den Befehl, zu den ›Wasenmeister-Stuben‹ zu fahren. Dort stiegen wir aus. Es war Montag, der Betrieb im Lokal lustlos. Crispi ging in die Herrentoilette. Über der Schwelle pendelte er. Das Pendel bestand, soweit ich es sehen konnte, aus einem Ring mit Stein an einer einfachen Schnur. Das Ergebnis befriedigte Crispi. Er fuhr sich gequält über die Stirn und bedeutete uns, wieder in die Wagen zu steigen. Langsam fuhren wir ab. Ich konnte sehen, daß Crispi während der Fahrt pendelte. Es ging einige Straßen hin und her, insgesamt befolgten wir eine Richtung, die ungefähr in westlicher Richtung eine

Tangente zum Kern der Stadt bildete. Dann hielt
der erste Wagen vor einer kleinen Straße. Es war
das verkehrte Ende einer Einbahnstraße. Alle stiegen wieder aus. Die Mäntel blähten sich im lauen
Sturm. Crispi bestand darauf, durch die Einbahnstraße in der untersagten Richtung zu fahren. So
wurde das blaue Blinklicht der Wagen eingeschal-
tet, und mit dem Polizeigeheul fuhren wir, wie
Crispi gewünscht. Wir kamen nach Nymphenburg.
Das Schloß lag finster. Streifen niedriger Wolken
überzogen fahlgelb die nächtliche Stadt. Wieder stiegen alle aus. Crispi saß zusammengesunken allein
im Wagen. Nach einiger Zeit nahm er eine Tablette,
stieg aus und pendelte an einer windgeschützten
Stelle unter der Treppe zum Schloß. Er wollte in
den Park. —

Es dauerte etwa eine halbe Stunde, bis die Ver-
handlungen Brunnermaiers mit dem Kastellan so
weit gediehen waren, daß man uns den Park auf-
sperrte. Ich kannte und liebte den Park, aber es
war mir — wie jedem Bürger ohne irgendwelche
besonderen Beziehungen — bisher nicht vergönnt
gewesen, ihn in der Nacht zu sehen. Er war be-
ängstigend. Die gewaltigen, zum Teil schon ent-
laubten Bäume durchfuhr heulend der Wind. Hie
und da flatterte ein gestörter Schwan aus dem heftig

bewegten Kanal auf und landete auf verlassenen, aufstäubenden Kieswegen. Und schwarz wie die Nacht unter den Bäumen spiegelte das Wasser weder die kleine Brücke auf dem Weg zur Amalienburg noch den steinernen Flußgott. Unablässig, in steigender Erregung, pendelte Meister Crispi. An einer Ecke sah ich, mit wehender Tracht, die langen Enden der Haube wie Flügel flatternd, Schwester Rinalda stehen. Es war ein Strauch, auf dem zwei Krähen saßen ...

Wir kamen zur Amalienburg. Crispi blieb stehen. dann deutete er auf das kleine Schloß. Der Kastellan, der uns begleitet hatte, sperrte auf und zündete das elektrische Licht an. Die Tür schlug zu. Blendend hell brach sich das Licht in den Spiegeln dieses Scheitelpunktes der Juwelen bayrischer Rokoko-Architektur. Die Fenster, schwarz, weil mit Läden verschlossen, klirrten leise im Sturm. Alle, selbst die Polizisten, waren betroffen, und es hätte wohl auch sie nicht verwundert, wenn — trotz des elektrischen Lichtes — hinter dem Bettalkoven Max Emanuel kurmildesten Angedenkens, noch rauchend vom Türkenblut, aus der Tapetentür getreten wäre. — Crispi verlangte, hinunterzugehen. Unten ist die Küche. Das Licht war dort spärlich. Crispi pendelte vor dem Herd, dann sagte er:

»Da.«

Die beiden Kollegen Brunnermaiers leuchteten
mit starken Taschenlampen in den Abzug des
Kamines hinauf. Dort steckte ein dunkler Brocken.
Mit einigen der schönen, schwermessingenen Feuer-
haken wurde daran gezogen, bis er mit gräßlichem
Geräusch auf den Herd fiel. Ich wendete mich ab
und lief hinaus. Ein Pestilenzgeruch hatte sich im
Augenblick verbreitet, aber ich hatte das Gesicht
Tributniks gesehen. —

ZWEITER TEIL

So war die Sache ernst. Tributnik war tot. Wie Professor Laves noch an Ort und Stelle, später dann
mit Gründlichkeit in seinem Institut feststellte, war
Tributnik erwürgt worden. Das Datum 23. August
war, nach dem Zustand der Leiche usw., als Zeitpunkt des Todes wahrscheinlich. Das Begräbnis
Tributniks — die Leiche wurde alsbald von der
Staatsanwaltschaft freigegeben — war ein merkwürdig zwiespältiges Ereignis. Mit echter Trauer
und, vielleicht gerade, weil wir den wochenlang
Totgesagten immer in Wirklichkeit für auf quick-
lebendiger Weintour befindend hielten, mit erstaun-

ter Erschütterung standen alle die Vereine, die ›Liga‹, der ›Kampfbund‹, das nie gegründete ›Kuratorium Unteilbares Österreich-Ungarn‹, an seinem Grab. Nach testamentarischem Wunsch spielte die Kapelle von den ›Wasenmeister-Stuben‹ den Radetzkymarsch ...

Da das Testament Tributniks nur dies bestimmte, daß der Radetzkymarsch an seinem Grab gespielt werden sollte, im übrigen keinerlei Verfügungen traf, trat die gesetzliche Erbfolge ein, das heißt, alles fiel seiner — aus Triest angereisten — Frau zu. Ich ordnete den Nachlaß und besorgte alle nötigen Schritte als letzten Freundesdienst. Besonders schmerzlich war es für Frau Schiller, die Wohnung räumen zu müssen. Ich konnte bei der Witwe Tributnik erwirken, daß Frau Schiller einige Gegenstände, keine Wertgegenstände, nur solche, an die sich für die Dame Erinnerungen knüpften, mit sich nehmen durfte. Als Quasi-Testamentsvollstrecker war ich dabei, wie sie die Wohnung räumte und die genannten Gegenstände auswählte. Es waren dies ein paar von Tributniks Lieblingsbüchern, seine Augengläser, der schwarze Pyjama vom Tag von Königgrätz und die Figur mit den drei Affen aus grünem Stein mit der Glückshand auf dem Sok-kel.

»Wo hat denn Tributnik *das* her?« fragte ich.

»Ich habe auch einen«, sagte Frau Schiller. »Ach, es war unsere erste und einzige Bergtour. Wir waren auf dem Col di Lana. Sie wissen, was der Berg für einen echten alten Österreicher, wie Tributnik einer war, bedeutet. Es war fast gespenstisch. Bei glühender Hitze, Punkt zwölf Uhr zu Mittag, wie aus der Luft hergewünscht, stand ein Mann vor uns und gab jedem von uns diese drei Affen. Wir — wissen Sie — ... die beiden Affen, das heißt, die sechs Affen sollen beisammen bleiben, weil auch wir seit damals ...«

Ich versicherte, nicht weiter in sie dringen zu wollen.

In den folgenden Wochen ging alles sehr rasch. Der Staatsanwalt zog die Untersuchungen an sich. Die Erkenntnis, daß Grabovac am 23. August in der Linie 3 (die bekanntlich nach Nymphenburg fährt) gesehen worden war, gewann verständlicherweise überraschende Bedeutung. Grabovac ging mich nichts an. Ich mußte mit Bedacht an eine mögliche Verteidigung Primaballerinevićs denken. Bei ihm unternahm — diesmal in korrekter Form — Brunnermaier eine Hausdurchsuchung. Da Primaballerinević noch in der Klinik war, beauftragte er mich, bei der Durchsuchung anwesend zu sein. In einer Schublade seines Schreibtisches — ich hatte von Primaballerinević die Schlüssel dazu bekommen mit der Auflage, nur der Polizei, nicht der Frau Primaballerinević Einblick zu gewähren — fand Brunnermaier eine vertrocknete Rose, drei parfümierte Briefe in kroatisch und zwei Eintrittskarten für die Nymphenburger Festspiele zu Purcells ›König Arthur‹. Die Eintrittskarten waren entwertet. Das Datum war der 23. August. Brunnermaier zeigte mir die Karten.

»Die einzige Möglichkeit«, sagte er dazu, »nachts in den Park hineinzukommen, ist bei den Nymphenburger Festspielen. Der Park wird im Sommer um acht Uhr geschlossen oder um neun Uhr. Die Pausen sind zum Teil danach. Durch den Steinernen Saal kann man selbstredend auf die hintere Schloßtreppe und von da aus in den Park.«

»Und da hat Primaballerinević den toten Tributnik in der Westentasche in die Amalienburg getragen. Und wie ist er in die Amalienburg gekommen?«

»Die Karten waren von Primaballerinević für sich und Tributnik besorgt. Frau Schiller gab mir Hinweise darauf, daß Primaballerinević seinem Opfer möglicherweise eingeredet hat, im Keller der

Amalienburg läge ein geheimer Stammbaum der Tributniks begraben, der die fürstliche Abkunft dieser Familie beweisen würde.«

»Ich konzediere durchaus, daß Tributnik auf so etwas angesprungen wäre. Aber Primaballerinević ist für so einen herzmanovskyschen Mord nicht raffiniert genug.«

»In jener Unterredung am 23. August um vier Uhr nachmittags hat Primaballerinević Tributnik von dem Schatz erzählt. Tributnik hat — um ein Alibi zu haben, schließlich ist es ja Einbruch — die für den Abend anberaumte Gründungsversammlung Ihres komischen Vereines ...«

»Kuratorium Unteilbares Österreich-Ungarn.«

»... nicht abgesagt, hat sie nur, in der Absicht, bald wiederzukommen, verlassen; Primaballerinević hat, wie gesagt, Karten für ›König Arthur‹ besorgt. Weder Primaballerinević noch Tributnik interessierte diese Oper. Sie brauchten nur die Karten, um *durch* den Saal in den Park zu kommen, der — weil zu der Zeit bereits geschlossen — völlig menschenleer war. Es gibt — sagte mir die Schloßverwaltung — die Möglichkeit, über den Hochstand auf dem Dach (von wo aus die Kurfürstin Rebhühner geschossen hat) und hinunter über eine kleine Stiege durch die Tapetentür — auf die Sie mich aufmerksam gemacht haben — ins Innere zu kommen, wo aber nicht der kurmildeste Franz Joseph . . .«

»Max Emanuel . . .« sagte ich.

». . . getreten ist, sondern der Mörder mit seinem Opfer.«

»›Der Mörder besorgte die Karten‹ können Sie Ihren Kriminalroman nennen. Nein: die Karten waren für Primaballerinević und seine damalige Freundin, eine gewisse Melanie Rundstück. Ein entsprechender Schriftsatz mit ladungsfähiger Anschrift dieser Zeugin ist unterwegs. Was jetzt?«

»Da schau her«, sagte Brunnermaier. »Meine Affen!« Die Billette und die Briefe waren in der Schublade mit dem Bildnis der drei indischen Affen in Grün beschwert gewesen. Brunnermaier nahm sie in die Hand, wog sie gleichsam ein wenig und legte sie dann in die Schublade zurück.

Primaballerinević hatte mir erst auf langes Zureden und unter dringendem Hinweis auf die Gefährlichkeit der Situation, aber auch unter freundlicher, aber strenger Assistenz der Schwester Rinalda den Namen und die Adresse seiner Freundin preisgegeben.

Das Zeugnis dieser Freundin und eventuell die

Möglichkeit, den Diakon Grabovac zu belasten, waren die greifbaren Anhaltspunkte für eine Verteidigung Primaballerinevićs. —

Die erste polizeiliche Vernehmung der Fräulein Rundstück fand in deren Wohnung statt, denn sie war bettlägerig, weil — allerdings nicht von Primaballerinević — schwanger. Primaballerinević erklärte dazu, nur mit bereits ohnedies schwangeren Frauen außerehelich zu verkehren. Böse diesbezügliche Erfahrungen hätten ihn dazu gebracht.

Fräulein Rundstück erinnerte sich an nichts. Den ›König Arthur‹ gehört zu haben, räumte sie ein. Es könne allerdings sein, fügte sie hinzu, daß es sich dabei auch um einen Film gehandelt habe. Sie wand sich in scheinbaren oder wirklichen Krämpfen, und Brunnermaier brach die Vernehmung ab, um der Hebamme das Feld zu überlassen, wohl weniger aus Menschlichkeit als aus Furcht, Pate bei einer Nottaufe zu werden.

Einzige Ausbeute dieser Vernehmung für mich war, daß ich auf einem weißlackierten Konsolbrettchen von der schwedischen Marke ›String‹ ein weiteres Exemplar der grünen Affendreiheit bemerkte.

Damit hört *meine* Geschichte auf. Eine Hauptververhandlung im Fall Tributnik hat es nie gegeben, weder gegen Grabovac noch gegen Primaballerinević. Grabovac konnte, wenn auch mit Mühe, nachweisen, daß er am fraglichen Tag in Obermenzing eine geheime Zusammenkunft einer kroatischen Emigrantenorganisation belauscht hatte (in der Form, daß in den Schuh eines der Emigranten ein Miniatursender eingebaut worden war; mittels einer bestochenen Haushälterin war das ermöglicht worden). Die Linie 3 fährt ja auch nach Obermenzing. Grabovac geriet dadurch zwar ins Blickfeld des Verfassungsschutzes und mußte alsbald von hier verschwinden, die Ermittlungen in der Mordsache mußten allerdings eingestellt werden.

Das Verfahren gegen Primaballerinević — inzwischen genesen und glücklicher Taufpate Bodo Rundstücks — wurde vor der Hauptverhandlung, unter Übernahme der Kosten auf die Staatskasse, eingestellt. Das war zwar von mir beantragt, veranlaßt aber von einem Besuch, den mir Schwester Rinalda den Tag zuvor abgestattet hatte. Zum näheren Verständnis der nun folgenden Erzählung der Barmherzigen Schwester muß ich noch einmal kurz auf Grabovac zurückkommen. Nach allem, was Sie bisher wissen, wird es Sie kaum verwundern, daß bei der Besichtigung der vom geflohenen Diakon Tescho Grabovac zurückgelassenen Wohnung in der Victoriastraße unter anderem die Affendreiheit in Grün mit Handsymbol festgestellt und in behördlichen Gewahrsam genommen wurde. Nach einigen Tagen kam aber ein Mann — Brunnermaier erzählte mir dies — ins Präsidium und machte — gestützt auf unzweifelhafte Dokumente — Eigentumsrechte an der beschlagnahmten Figur geltend. Nach Prüfung der Dokumente wurde dem Mann — er nannte sich Pimenus Prinz — die Figur ausgehändigt. Von dem Zeitpunkt an war auch Brunnermaiers eigener Drei-Affe verschwunden. Brunnermaier genierte sich furchtbar, daß so etwas im Präsidium passieren konnte, aber er hatte dennoch keine andere Erklärung, als daß dieser Pimenus Prinz die Figur gestohlen habe. Vorsichtige private Ermittlungen Brunnermaiers — offiziell mochte er aus beruflichem Schamgefühl und aus Furcht vor den allenfalls möglichen spöttischen Anwürfen der ›Abendzeitung‹ nichts unternehmen — fielen völlig negativ aus. Nicht so die der Schwester Rinalda. Auch zu Schwester Rinalda kam ein — der Beschreibung nach derselbe — Mann, nannte sich hier Barnabas Frunzel und forderte von Schwester Rinalda deren Drei-Affen zurück. Auch Schwester Rinalda hatte vor Jahren (von einem genesenen Inder aus Dankbarkeit) die Figur geschenkt bekommen und gütigen Herzens den unsinnigen Plunder auf ihre Konsole gestellt. Ebenso gütigen Herzens gab sie ihn dem so sehr daran interessierten Frunzel zurück. Vifer als die Polizei, begann sie sich jedoch Gedanken zu machen. Sie nahm ihren abgetragenen Mantel und — wohl unbewußt nach bewährtem Vorbild — ihren ziemlich knotigen und klobigen Regenschirm und ging dem Mann nach. Sie brauchte nicht weit zu gehen. In einer der vielen kleinen, nur von alten Villen gesäumten Straßen in der Nähe ihrer Klinik betrat der mysteriöse Frunzel ein Haus, dessen Gartentor von zwei auf Säulen sitzenden Wappenschweinen flankiert war. Schwester Rinalda ging um das Straßenkarree herum, bis sie an die Hinterfront des fraglichen Anwesens kam. Hier stieg sie — den Regenschirm mit den Zähnen fassend quer im Mund — über die Gartenmauer. Durch ein Glashaus kam sie in den Keller. Von dort aus fand sie nach einiger Mühe einen Weg in die Küche und konnte durch die nicht ganz dicht schließende Durchreiche Zeugin der folgenden Szene sein. — Zuvor hatte sie kurz, jedoch wirksam, die bei ihrem Erscheinen aus einer Kohlenkiste in Ohnmacht gefallene Köchin wiederzubeleben. Um die Köchin zwar zu Bewußtsein, nicht aber zu unerwünschter Aktivität zu bringen, hatte sie die Nonne zuvor gefesselt und geknebelt. —

Drinnen im Saal der Villa fand derweil eine kleine Konferenz statt. Der weise Inder (gleichzeitig Barnabas Frunzel etc.), die, jetzt bekleidete, Sakraldirne und Meister Crispi ordneten zahlreiche grüne Glücksaffen in ein Paket. Dann besprachen sie den beispiellosen Erfolg, den Crispi durch das Auffinden der Leiche Tributniks errungen hatte. Hernach faßten sie Pläne für einen weiteren Mord, dessen Opfer wiederum — diesmal in Norwegen — von Crispi gefunden werden sollte. Die Leiche sollte in einem aus Oslo auslaufenden Schiff versteckt und von Crispi nach einer Reise um die Welt, die die Schlagzeilen aller Zeitungen sozusagen in Atem halten sollte, in Buenos Aires ausgependelt werden.

Das Paket mit den Affen war unterdes verschlossen worden und nach Oslo adressiert. Als der weise Inder aufstand, seinen falschen Bart und das Paket unter den Arm nahm, trat Schwester Rinalda in den Raum. Der weise Inder zog eine Pistole, Schwester Rinalda schlug ihn aber mit dem knotigen Ende ihres Schirmes nieder. Das weltanschauliche Lustmädchen verfiel in die Zuckungen ihres geübten Bauchtanzes, dann in Ohnmacht. Crispi begann die Schwester zu hypnotisieren.

Es mußten seitens der ehrwürdigen Schwester ziemlich harte Worte gefallen sein. Crispi befielen, nachdem er bis zur hellen Verzweiflung hypnotisiert hatte, hysterische Kopfschmerzen. Er ließ sich willig in die Klinik bringen, wo er in ein gut bewachtes Einzelzimmer gelegt wurde. Er ward — trotz seines Protestes, weil er damit den Sitz seiner medialen Fähigkeiten zu verlieren befürchtete — sogleich einer Behandlung zur Beseitigung seines Blähhalses unterzogen. Bis zu den Vespergebeten war alles erledigt. —

Soweit wäre es noch einfach. Die eigentliche Pointe kommt aber noch; Sie werden es kaum glauben. —

Brunnermaier mußte eine neue Mordakte Tributnik anlegen. Die Villa, die einem renommierten Yoga-Institut gehörte, wurde durchsucht. Der weise Inder und sein Mädchen, desgleichen die Köchin waren verschwunden. Crispi war geständig, freilich, denn dies war für ihn ungefährlich. Er räumte ein, Tributnik erwürgt und mit Hilfe des Inders seine Leiche versteckt zu haben. Allen irgendwie Beteiligten habe man vorher unter diversem Hokuspokus je einen der Speckstein-Drei-Affen zugespielt. An und für sich, äußerte Crispi, wären die Affen ohne jede Bedeutung. Mit dem erwähnten Hokuspokus bildeten sie aber eine quasi Relaisstation, über die sich telepathische Befehle kinderleicht auf die angezielte Person übermitteln lassen. Alle, Opfer bis Verdächtigte und Verdächtigter, hätten unbewußt zusammengespielt, und wenn nicht die Schwester Rinalda dazwischengekommen wäre, hätte — nach einigen weiteren telepathischen Anstrengungen — Primaballerinević endlich selber geglaubt, Tributnik umgebracht zu haben.

An mir wäre der Versuch, die Affen anzubringen, zwar gescheitert, dennoch wäre ich aber doch so weit bereits mystisch eingewickelt gewesen, daß ich es sogar — und das stimmte ja auch — gewesen war, der Brunnermaier vorgeschlagen hatte, Crispi die Leiche Tributniks suchen zu lassen.

Ein neuer Triumph Crispis wäre fehlerlos über die Bühne gegangen, wenn man sich nicht dummerweise bei Schwester Rinalda verschätzt hätte. Die Schwester, einfältig, von Herzen gut und fest in ihrem Glauben, war absolut immun gegen die heimliche Macht des Drei-Affen gewesen.

Im übrigen fühlte sich Crispi aber nicht schuldig an dem Mord, denn er selber — sagte er — wäre nur Werkzeug; auch er habe seinerseits wiederum unter telepathischem Einfluß gestanden und habe — sozusagen — unter Hypnose hypnotisiert. Hinter ihm stand, unfaßbar und bis heute ungefaßt, eine Geheimgesellschaft zur Verbreitung des Aberglaubens, die durch Crispis Triumphe den Aberglauben in der Welt zu verankern hoffte. Dabei wäre Crispi nur ein kleiner Vorläufer aller jener Propheten gewesen, die noch kommen, um endlich die Weltherrschaft des ›Ostasiatischen Prinzipes‹ (und wie dergleichen er die Possen nannte) aufzurichten.

Eine langwierige fachmännische Untersuchung und Beobachtung Crispis ergab zweifelsfrei einen telepathischen Einfluß bei ihm. Ob diese Erkenntnis ihn vor einer Verurteilung bewahrt hätte, ist nicht mehr zu entscheiden, denn Crispi starb in der Heilanstalt, in der die Beobachtungen durchgeführt worden waren. Tags zuvor hatte er einem Arzt gegenüber geäußert, daß er befürchte, à distance getötet zu werden. —

Ein befriedigendes Ende der Geschichte kann ich Ihnen, wie Sie sehen, nicht bieten. Nur eine Moral: Hüten Sie sich vor den Affen und dergleichen.

Der Sieger bin ich

Aber stelle deinen kanariengelben Chevy Impala nicht vors Haus«, hatte Giacinta gesagt, »sonst weiß es übermorgen ganz Rom.«

»Sure, Darling«, hatte Hartland geantwortet und seine neue Eroberung zu küssen versucht.

Giacinta hatte freundlich abgewehrt: »Wie kann ein Verführer nur einen so auffallenden Wagen haben. Ciao, bis morgen!«

So parkte Hartland also sein Auto am nächsten Tag in einer kleinen Seitengasse zwischen Tiber und Santa Maria in Trastevere und machte sich auf den Weg gegen den Janiculus hinauf. Hartland, von optimistischem Naturell, ging instinktiv auf der Sonnenseite der Straße und kam deswegen alsbald ins Schwitzen. Das für den durchschnittlichen Amerikaner unentbehrliche Gefühl, frisch gewaschen zu sein, verflüchtigte sich rasch, und Hartland wurde ärgerlich.

— Was für eine komplizierte Person, wurmte es in ihm; Europäerinnen sind offenbar immer wahnsinnig kompliziert. — Jetzt erst merkte Hartland, daß es ihn schon von vornherein gegiftet hatte, als Giacinta nur seinen gelben Wagen als gefährlich auffällig betrachtet hatte.

— Eine miese Gegend, schimpfte Hartland in sich hinein. Er war in einer verhältnismäßig breiten, aber sehr schmutzigen, ziemlich steil aufwärts führenden Straße. Auf der rechten Seite war gar nichts: ein paar verkommene Gemüsegärten, halb umgefallene Zäune und Dreck. Aber darüber hinweg sah man Rom. Die rotgoldene Hitze brodelte aus den Straßen. Die Türme und Kuppeln, Lateran, das Kapitol, Santa Maria Maggiore, die Engelsburg und leider auch das Monumento Vittorio Emanuele — St. Peter war von hier aus nicht zu sehen — blinkten aus dem Glast des weißen Vormittags, und dahinter verlor sich das braun-rote Meer der Häuser in den zart silbrigen Schleier von Sonnenhitze, der über der Campagna lag. Hartland vermerkte nichts davon. Links der Straße standen rötliche Häuser, elende Behausungen aus Ziegeln oder Lehm. Ein paar davon waren in die Reste antiker Aquäduktbögen hineingebaut. Man konnte in der schmucklosen Fassade dieser selber schon uralten Elendsquartiere die noch viel älteren Quadern der altrömischen Wasserleitung erkennen. Hartland hatte ebensowenig einen Blick für dieses pittoreske Bild wie der alte Schuster, der im etwas kühleren Torbogen eines der Häuser saß und unmutig an ein paar zerrissenen Schuhen herumklopfte.

Hartland blieb stehen. Ein junger Mann auf einer

Vespa schlidderte waghalsig die Straße herunter. Schmutzige Kinder und träge Hühner stoben auseinander. Der junge Mann bremste seine Vespa durch schwungvolles Querstellen — es erinnerte an die kraftvolle Bewegung eines Skifahrers, nur daß hier Dreck, nicht Schnee aufspritzte —, schrie dem Schuster einen Gruß zu und lief ins Haus.

Hartland fuhr sich mit der Hand über die Stirn und stellte fest, daß ihm die Schweißperlen unter dem Rand seines Hutes hervorquollen. Gräßlich, dachte Hartland, wie wird das auf Giacinta wirken! Er war jetzt sicher schon mehr als eine Viertelstunde umhergerannt. Offensichtlich hatte er sich verlaufen.

Sherbet P. Hartland war seit zwei Jahren in Europa und seit einem halben Jahr in Rom. In den Cafés der Via Veneto und in den Clubs, wo die Amerikaner und englischsprechenden Ausländer verkehren, gab er sich mit geheimnisvollen Andeutungen so, als gehöre er dem CIC an. Das wirkte in der Regel auf Frauen. Wurde er allerdings eingehender befragt, gab Hartland zu, für eine Investment-Organisation zu arbeiten. In Wirklichkeit war er Vertreter für die ›Universal Encyclopaedia‹, ein mehrbändiges Lexikon.

Schon während seiner Schulung in der Auslands-Verkaufszentrale fiel Hartland bald als besonders tüchtig auf, weil er einen Trick erfand, wie man in ausgebuchten Flugzeugen doch noch einen Platz bekommt. Man bucht seinen Flug und läßt sich auf die Warteliste setzen, geht dann zum Flughafen und wartet den Aufruf säumiger Passagiere ab. Beim letzten Aufruf merkt man sich einen Namen, geht schnell zu einer Telephonzelle, ruft jene Gesellschaft an, mit der man fliegen will, und storniert den Flug für den Passagier, dessen Namen man sich beim Aufruf gemerkt hat. Dann muß man schnell zu dem betreffenden Büro hinlaufen und sich scheinheilig erkundigen, ob nun ein Platz frei geworden sei. »Ja«, heißt es dann, »eben ist einer frei geworden.« Der Trick klappt zwar nicht immer und nicht auf allen Flughäfen, aber er klappt meistens. Er gelingt auch nicht allen, Hartland jedoch gelang er regelmäßig. »I am a winner«, sagte er seinem Chef, wenn er von der Reise zurückkam und die Sache erzählte.

»Und der andere«, fragte wohl hie und da der Chef oder ein Kollege, »der andere, dem Sie den Platz weggenommen haben?«

»Well«, lachte dann Hartland, »ich bin der Sieger, er ist der Verlierer. Ich habe Erfolg. Und wißt ihr warum? Ganz einfach — weil ich Erfolg haben will.«

Die Vertriebsorganisation der ›Encyclopaedia‹ beruhte auf einer komplizierten Einteilung der Verkaufsgebiete. I waren die Länder mit den besten Verkaufschancen, V waren die aussichtslosen Gebiete wie Grönland und Madagaskar. In der Regel mußten die Vertreter nach ihrer Ausbildungszeit bei IV (Pakistan, Uruguay) anfangen. Wiesen sie gute Verkaufszahlen auf, wurden sie nach einiger Zeit in ein Land III versetzt. V galt als Strafkolonie.

Hartland durfte gleich bei III anfangen. Er kam nach Portugal. Dort krebste seit längerer Zeit als Vertreter ein gewisser Helmund C. Harris herum, der natürlich nicht erbaut davon war, daß einer, dem der Ruf vorausging, eine Verkaufskanone zu sein, in sein Gebiet versetzt wurde.

Andererseits war Harris froh, als Hartland kam und ihm hie und da beim Trinken Gesellschaft leistete. Schon bei ihrem zweiten gemeinsamen Saufabend erzählte Harris, daß er den Fehler gemacht habe, mit ausländischen Journalisten zusammen in einer Bestechungs- und Sittlichkeitsaffäre herumzustochern, in die die höchsten Spitzen der portugiesischen Gesellschaft verwickelt waren. Gleichzeitig habe es diese gewisse marokkanische Tänzerin gegeben... Dann die Geschichte mit dem deutschen

Starlet, das angeblich von ihm schwanger war, und die entsetzlichen Szenen, die seine Frau gemacht habe. Damals hätten auch die finanziellen Schwierigkeiten angefangen. Gottlob habe wenigstens die Firma nicht alles erfahren, denn jetzt zeige sich ein Silberstreif am Horizont: bei der Universität in Coimbra sei es ihm gelungen, ein gutes Geschäft einzufädeln. Die Universität wolle für sechzehn Institute je eine komplette ›Universal Encyclopaedia‹ kaufen. Der Auftrag sei so gut wie sicher. Die zu erwartende Provision würde ihn mit einem Schlag von den ärgsten Schulden befreien und ihm so viel Pluspunkte einbringen, daß er nicht mehr fürchten müsse, nach IV — genauer gesagt: nach Afghanistan — abgeschoben zu werden.

Hartland fuhr noch in derselben Nacht nach Coimbra, engagierte einen Dolmetscher und machte binnen zweier Tage die sechzehn Encyclopaedien perfekt. Von der Provision konnte er sich gut und gern ein paar schöne Tage am Strand leisten. Als er dann nach Lissabon zurückkehrte, war Harris bereits von der Bildfläche verschwunden.

»Das Leben ist ein Kampf«, sagte Hartland auf der sonnigen Terrasse des amerikanischen Clubs in Lissabon und spülte ein Glas Whisky sour hinunter.

Wenige Monate danach saß er dann auch schon

in Rom (Kategorie II) an der Via Veneto in einem Café, in dem die amerikanische Kolonie verkehrte, und trank hier seinen Whisky sour.

Ein italienischer Bub, der ein paar Brocken Englisch sprach, hatte sich darauf spezialisiert, in den Cafés der Via Veneto englische und amerikanische Zeitungen zu verkaufen. Auch Hartland kaufte Paolo gelegentlich eine ›Time‹ oder eine ›Herold Tribune‹ ab. Als er einmal kein Kleingeld bei sich gehabt hatte und Paolo nicht wechseln konnte, kreditierte der kleine Zeitungshändler großzügig den Betrag.

Als Hartland diesmal eine ›Herold Tribune‹ kaufte, erinnerte ihn Paolo an die unbezahlte ›Time‹.

»Welche ›Time‹?« fragte Hartland.

»Letzte Woche . . . Mister«, gestikulierte Paolo.

»Du mußt dich täuschen, Kleiner«, lachte Hartland. »Ich weiß von nichts.«

Langsam begann sich in Paolo der Verdacht zu regen, daß Hartland nicht aus Vergeßlichkeit, sondern aus böser Absicht handelte, und der Bub begann laut zu jammern.

»He«, rief Hartland den Kellner, »werfen Sie diesen Bambino hinaus, er belästigt einen freien Bürger der Vereinigten Staaten.«

»Paolo«, sagte der Kellner und wedelte mit der

Serviette, »avanti subito.« Mit einem Schwall von Worten überschüttete der betrogene Zeitungshändler den Kellner. Der ließ sich nicht beeindrucken, nahm den Buben an der Schulter, drehte ihn um und schob ihn aus dem Lokal.

Am Nebentisch saßen zwei Amerikaner — Hartland kannte sie — mit einer Italienerin, die Hartland hier noch nie gesehen hatte. Sie war eine gepflegte Dunkelhaarige, nicht eigentlich Hartlands Typ, der eher blonde 18jährige schätzte, aber, wie Hartland als Kenner unschwer feststellen konnte, eine Frau, die die Liebe schätzte und ohne störende erotische Illusionen war.

Die Italienerin sprach perfekt Englisch: »Sie haben den Buben hereingelegt.«

»Er muß lernen«, sagte Hartland, »daß das Geschäft ein hartes Leben ist.«

»Sie haben ihn um den Verdienst eines ganzen Tages gebracht, weil er nun das eine Heft der ›Time‹ aus eigener Tasche ersetzen muß.«

»Er wird es verwinden. Und Erfahrungen«, sagte Hartland, nahm sein Glas und setzte sich an den Nebentisch, »Erfahrungen tun weh. Es gibt zum Schluß immer zwei Parteien: Sieger und Verlierer. Wenn der Zeitungsjunge stark genug für das Business ist, muß er erkennen, daß er diesmal der

Verlierer war. Er muß eben sehen, daß es das nächstemal anders ist.«

»Und wie?«

»Er muß Erfolg haben.«

»Und wenn er keinen Erfolg hat?«

»Ich kann Ihnen mein Erfolgsrezept verraten«, sagte Hartland, »es ist ganz einfach. Ich habe Erfolg, weil ich Erfolg haben will. Nicht nur im Business.«

Die Italienerin lachte. »Euer Glaube an den Erfolgswillen kommt mir vor wie der Regenzauber bei den Bantus oder so etwas Ähnliches. Die glauben auch, daß der Regen kommt, wenn sie trommeln. Der Bub da, das haben Sie vermutlich nicht verstanden, hat Sie übrigens verflucht.«

»Köstlich.«

»Ja. Er hat bei den Augen seiner toten Mutter auf Sie herabgeschworen, daß Sie die Manneskraft verlieren und daß Ihnen die Haare ausfallen sollen.«

Hartland wurde ernst. »Es ist zu blöd, um darüber zu reden. Vergessen wir den Jungen.«

»Nein«, sagte die Italienerin, »denn es würde mich interessieren: Sie haben den Willen zum Erfolg, er, der Bub, hat die Energie seines Fluches. Das ist doch Willen gegen Willen: Was nützt es Ihnen, wenn Sie Erfolg haben wollen, sagen wir bei einer Frau, und er will, daß Ihnen die Haare ausfallen?«

»Ich glaube an das Gute«, sagte Hartland.

»Deswegen haben Sie ihn um die paar Lire geprellt?«

»Vor allem aber glaube ich an meinen Erfolg. Das ist meine Stärke. Wo immer es Sieger und Verlierer gibt: Hartland ist bei den Siegern. Ich heiße nämlich Hartland, aber Sie können gern Sherbet zu mir sagen.«

»Ich heiße Giacinta«, sagte die Italienerin.

Es war ein sehr heißer Tag. Hartland hatte seine beiden Landsleute bald abgeschüttelt und fuhr schon am Nachmittag mit Giacinta nach Ostia zum Baden. Giacinta trug einen sehr kleinen, fast durchsichtigen Bikini und präsentierte in souveräner Schamlosigkeit die Vorzüge ihres Körpers. Sie war, wie schon gesagt, nicht eigentlich Hartlands Typ. Aber in einem Land, dessen Sprache er nicht beherrschte, war er auf die Mädchen angewiesen, die die amerikanische Kolonie bot, oder auf solche Italienerinnen, bei denen es zur Verführung keiner verbalen Vorbereitungen bedurfte.

Giacinta arbeitete gelegentlich als Dolmetscherin bei einer amerikanischen Nachrichtenagentur und war eine Gräfin Bernasconi-Ronciglione de San

Cassio. Was der Graf Bernasconi-Ronciglione de San Cassio tat, wußte man unter den Amerikanern, bei denen Giacinta verkehrte, nicht. Den Umständen nach war Giacinta also ein Glücksfall. Hartland beschloß, ihn zu nutzen.

Am späten Nachmittag kehrten sie nach Rom zurück. Hartland wollte Giacinta zum Essen ausführen. Dazu hatte sie aber keine Zeit. Wahrscheinlich muß sie nach Hause, dachte Hartland. Sie trafen sich erst gegen zehn Uhr im amerikanischen Club wieder, tranken hier ein paar Whiskys und fuhren dann zu einem der kleinen Weinlokale an der Via Appia Antica hinaus. Um Mitternacht drängte Hartland mit unmißverständlicher Absicht zum Aufbruch.

»Nein«, sagte Giacinta, »das geht jetzt natürlich nicht. Ich bin schließlich verheiratet.«

»Wer sagt, daß wir zu dir in die Wohnung müssen? Es wäre das erste Mal, daß der Portier in meinem Hotel Schwierigkeiten machen würde.«

»Darum dreht es sich nicht«, sagte Giacinta. »Mein Mann meint, ich dolmetsche bei einer Konferenz.«

»Laß die Konferenz bis zwei Uhr dauern«, hauchte Hartland.

»Nein«, sagte Giacinta, »ich betrüge meinen Mann nur vormittags. Er ist wahnsinnig eifersüchtig.«

Hartland lachte.

»Na ja«, sagte Giacinta, »ich bin nicht sicher, ob er darauf Rücksicht nähme, daß du immer der Sieger bist.« Sie schrieb ihre Adresse auf eine auseinandergerissene Zigarettenschachtel. »Morgen um zehn Uhr. Aber stelle deinen kanariengelben Chevy Impala nicht vors Haus, sonst weiß es übermorgen alle Welt.«

Hartland zog die auseinandergerissene Zigarettenschachtel aus der Jackentasche und verglich die darauf notierte Nummer mit der des Hauses, vor dem er stand. Dann läutete er. Das Haus war ein bungalowartiger Bau in einem gepflegten Garten. Man hätte in einer so elenden Gegend keine solchen noblen Villen erwartet. Aber möglicherweise ist nur das Viertel am Fuß des Hügels schlecht, dachte er.

Der Türöffner brummte. Hinter der Haustür wartete Giacinta. Sie trug eine Art Overall, dessen Reißverschluß bis unter den Nabel offen war. Unzweifelhaft war Giacinta unter dem Overall nackt. Das paßte Hartland nicht, denn er liebte es, daß sich seine kleinen Blondinen ein wenig sträubten, wenn er sie auszog. »Du kannst ja«, sagte Hartland und reichte Giacinta eine Flasche amerikanischen Whisky, »zu deinem Mann sagen, du hättest die Flasche bei der Konferenz mitgehen lassen.«

Giacinta dankte kurz und wies dann auf eine große, leere Schachtel, einen Seifenkarton, der neben der Eingangstür stand. »Da«, sagte sie.

»Was?« fragte Hartland.

»Da kannst du deine Sachen hineintun.«

»Welche Sachen?«

»Na, deine Kleider und Wäsche und Schuhe.«

»Aber . . .«

»Los, los«, sagte Giacinta, »zieh dich aus und tu alles da hinein. Ich mag nicht, wenn die Sachen im ganzen Haus herumliegen, und das Mädchen findet dann einen Sockenhalter, der nicht meinem Mann gehört.«

»Ich trage keine Sockenhalter«, sagte Hartland beleidigt. Aber er begann sich auszuziehen.

»Mein Mann ist wahnsinnig eifersüchtig. Manchmal kommt er überraschend nach Hause. Da ist es auch besser, du hast alle deine Sachen beisammen.«

Hartland war nackt und fühlte sich nicht sehr wohl, obwohl er sonst seinen athletischen Körper nicht ungern herzeigte.

»Und den Hut.«

»Ach so.« Hartland legte auch den Hut in die Schachtel.

»Komm und nimm die Schachtel mit.«

Sie ging voraus, der nackte Hartland mit der

Schachtel unter dem Arm hinterher. Sie gingen durch die Küche in den Garten.

»Den Karton stellen wir hinter die Hollywood-Schaukel. Wenn du aus dem Schlafzimmerfenster springen mußt — ich sage das nur für alle Fälle —, läufst du die Rhododendron-Hecke entlang, da kann man dich vom Haus aus nicht sehen, und du kommst zwangsläufig an der Hollywood-Schaukel und an der Schachtel vorbei. Anziehen kannst du dich dann hinten an der Mauer. Über die Mauer kommst du auf eine kleine Nebenstraße, die zwei Häuser weiter wieder auf unsere Straße zurückführt.«

Giacinta nahm Hartland den Karton aus der Hand und deponierte ihn hinter der Hollywood-Schaukel. »Den Karton«, sagte sie, als sie zurückkam, »nimmst du bitte mit.«

Sie gingen durch die Küche zurück. In einem Nebenraum, dessen Tür offenstand, sah Hartland bis unter die Decke Seifenkartons gestapelt.

»Willst du vorher duschen?« fragte Giacinta.

»Ich...« stotterte Hartland, »ich dusche gern nachher.«

»Da ist meistens keine Zeit. Wie du willst.«

»Baby«, sagte Hartland kleinlaut, »wie du das machst, das ist alles so... so unromantisch.«

»Wir können ja eine Platte auflegen.« Giacinta wiegte sich in den Hüften und streckte beide Hände nach Hartland aus.

»Nein«, sagte Hartland und setzte sich vorsichtig in einen Chintz-Sessel, »nackt tanze ich nicht.«

»Schade«, sagte Giacinta.

»Einen Drink?«

Sie streifte ihren Overall ab und rieb sich mit einem großen Eisstück den Busen und den Bauch ein. Dann warf sie das Eis in das für Hartland bestimmte Glas. »Cheerio!« sagte Giacinta.

Hartland, der eigentlich fürchterlichen Durst hatte, tat nur so, als trinke er, stellte das Glas beiseite und begann Zärtlichkeit zu spielen. Dann hob er Giacinta auf und sagte: »Wohin?« »Dorthin«, sagte Giacinta. Sie ließ sich aber nicht hintragen, sondern sprang zum Grammophon zurück und stellte es ab. »Sonst höre ich nicht, wenn jemand kommt.«

»Du bist allein im Haus?«

»Dumme Frage.«

»Das Mädchen hast du fortgeschickt . . .«

»Selbstverständlich.«

»Schickst du sie . . .«, fragte Hartland, »schickst du sie oft fort?«

»Was soll das alberne Gerede?«

»Ich meine ja nur. Und Kinder . . . hast du Kinder?«

»Wo viel gefahren wird, wächst nichts«, sagte Giacinta. In Hartland krampfte sich etwas zusammen. Der Magen? Er dachte an die blonden Amerikanerinnen, die in seinem Leben, wie er so sagte, eine Rolle gespielt hatten und die ihn stets danach zu fragen pflegten: — Du wirst mich sicher heiraten, Darling? Und wir werden viele Kinder haben? — Sure, Darling, pflegte Hartland darauf zu antworten.

»Was schaust du so einfältig?« fragte Giacinta. »Ist es bei dir das erste Mal?«

Hartland hob Giacinta wieder auf und warf sie aufs Bett . . . Nicht einmal duschen darf ich danach, dachte er mißmutig.

Nein, duschen durfte er nicht. Aber wenigstens brauchte er nicht aus dem Fenster zu springen. Giacinta, die ihren geblümten Overall wieder anzog, holte ihm die Schachtel aus dem Garten. Der Anzug war verknittert und der Hut zerdrückt.

»Siehst du«, sagte Hartland und schlüpfte schnell in seine Kleider.

Giacinta lachte und boxte den Hut zurecht: »Das nächste Mal setzt du vielleicht eine Baskenmütze auf.«

Das war der Punkt, an dem Hartland explodiert wäre, aber da läutete es.

»Schnell«, sagte Giacinta, »es wird zwar nur das Mädchen sein. Sei trotzdem vorsichtig.«

Hartland lief durch die Küche in den Garten, an den Rhododendron-Büschen entlang und zog sich, an die Mauer geduckt, die Schuhe an. Mit einem Satz sprang er über die Mauer und stand unvermittelt auf einem staubigen Weg in der grellen Hitze des römischen Mittags. Er glaubte zu spüren, wie eine Welle von Schweiß aus ihm hervorbrach. Nichts wie ins Hotel und in eine Badewanne, dachte er und schritt rasch aus: nach links. Damit begann das Unheil. Er hätte nach rechts gehen müssen.

Als er merkte, daß er die falsche Richtung eingeschlagen hatte, war es zu spät. Er hatte sich schon verirrt. Er war wieder in dem elenden Viertel, aber offensichtlich in einer ganz anderen Straße als in der, die er heraufgekommen war. Kein Mensch zeigte sich. Hartland kam es vor, als sei die Hitze mit einem Hohlspiegel direkt und allein auf ihn gerichtet. Die Luft flimmerte vor seinen Augen.

Wo war das Auto?

Hartland hatte natürlich vergessen, wie die Straße hieß, in der er seinen Wagen abgestellt hatte. Via San ... oder Santa ... ? Es gibt Hunderte Via

San oder Via Santas in Rom. Wenn jemand auf der Straße wäre, überlegte Hartland, könnte er ihm die aufgerissene Zigarettenschachtel mit Giacintas Adresse zeigen. Von dort aus würde er vielleicht den Weg zurückfinden. Aber es war niemand auf der Straße. Hartland suchte dennoch die Zigarettenschachtel. Da fiel ihm ein, daß er sie vor Giacintas Haus weggeworfen hatte. Hartland fluchte. Er stolperte über den aufgeweichten Asphalt abwärts. Abwärts, dachte Hartland, ist jedenfalls die richtige Richtung. Vorausgesetzt, daß ich nicht auf der anderen Seite des Hügels bin. Ich nehme ein Taxi und lasse mich ins Hotel fahren, nehme ein Bad, und nachmittags fahre ich mit Miller meinen Wagen suchen. Miller kennt sich in Rom aus.

Aber weit und breit war kein Taxi zu sehen. Es war überhaupt nichts zu sehen. Nur ein paar Katzen lagen träge in den kärglichen Resten von Schatten, die die Mittagssonne übrigließ. Ganz in der Ferne hörte man das Quäken einer Karussell-Orgel. Hartland blieb stehen. Eine kleine Gasse zweigte nach rechts ab, nach links ging eine enge Stiege zwischen den Häusern den Hügel hinunter.

Unten, am Ende der Stiege, blitzte Buntes in der Sonne: Jahrmarktsbuden. Von dorther kam auch die Musik.

Die Schuhe sind hin, überlegte Hartland. Es waren seine teuersten Schuhe, die nun mit Asphaltdreck verkrustet waren. Er hatte die eleganten Schuhe angezogen, um auf Giacinta Eindruck zu machen. So was Blödes. Und ich mußte mich sofort nackt ausziehen. Die hat die Schuhe nicht einmal gesehen. Und jetzt sind sie hin.

Vielleicht ist ein Taxi dort, hoffte Hartland und stieg die Treppe hinunter. Die Stiege mündete in einen kleinen Platz, auf dem ein billiger Lunapark aufgebaut war. Ein paar Buden mit Ramsch standen aufgereiht an den vier Seiten des Platzes. In der Mitte drehte sich, fast leer, ein Karussell. Ein paar Kinder und kaum Erwachsene lungerten umher. Die Budenbesitzer saßen mißmutig herum und warteten wohl darauf, daß die Mittagshitze vergehe und das große Geschäft beginne.

Der Jahrmarktschreier, den Hartland oben schon gehört hatte, stand in einer größeren Bude und bot Lose an. Diese Bude hatte ein Vordach. Dort war Schatten. Hartland stellte sich hinein. Sogleich wandte sich der Marktschreier mit einem Redeschwall an ihn und hielt ihm eine Handvoll Lose vors Gesicht.

Hartland wollte nichts anderes, als sich ein paar Minuten im Schatten der Bude aufhalten, um dann nach einem Taxi zu fragen. Das hätte ihn keinesfalls dazu bewogen, aus Höflichkeit oder zum Dank ein Los zu kaufen. Auch die Neugier dieser elenden Kinder, die nach Armut und Mißerfolg rochen, machte ihn nicht verlegen und hätte ihn nicht veranlaßt, sich gleichsam loszukaufen.

Die Erfolglosen haben den Erfolgreichen zu dienen, war ein weiterer Kernspruch Hartlands. Er hatte aber im Augenblick nicht das Gefühl, heute schon besonders erfolgreich gewesen zu sein. Deswegen kaufte er vier Lose, das Stück zu 70 Lire. Hartland zog vier kleine Papierkuverts aus der schmutzigen Hand des Marktschreiers, öffnete sie und schaute die Zettel an. Schon beim ersten schrie der Losverkäufer freudig auf, und das Geschrei steigerte sich bei jedem Zettel. Die Kinder brachen in Vivatrufe aus, die Besitzer der übrigen Buden und der des Karussells kamen gelaufen. Die Fenster und Türen der umliegenden Häuser flogen auf, und Leute schauten oder kamen heraus. Der Losverkäufer schüttelte Hartlands Hand. Hartland hatte auf einen Schlag die ersten vier Preise gewonnen. I am a winner, dachte er stolz.

Aber die vier ersten Preise bestanden aus: vier Zweiliterflaschen Chianti, einer Tüte mit zwei Kilo Weizenmehl, sechs großen Äpfeln, einem Teddybären von nahezu einem Meter Größe und unaussprechlich scheußlichem Rosa, einer Serie Micky-Maus-Heften, zwei an den Beinen zusammengebundenen lebenden Hühnern und einer großen Kaffeekanne in Form eines männchenmachenden Dackels, dazu vier Tassen und einem Schwein als Zuckerdose.

Hartland hatte sozusagen abgesahnt. Diesen Eindruck hatten jedenfalls die Zuschauer, denn sie klatschten neidlos Beifall, als Hartland den Platz verließ. In der linken Rocktasche hatte er drei Tassen, die vierte und das Dosenschwein in der rechten, dazu die Äpfel. Die Hühner hatte man ihm über die Schulter gehängt, die Micky-Maus-Hefte hatte er links, den Sack mit Mehl rechts unter den Arm geklemmt, je zwei Weinflaschen trug er in einer Hand, dazu rechts am kleinen Finger den Kannendeckel, im linken Arm den Teddybären.

Die Hitze war womöglich noch stechender geworden. Hartland wenigstens kam es so vor, als er aus dem Schatten der Losbude trat. Der Besitzer des Karussells lud ihn ein zu einer Freifahrt. So imponiert der Erfolg. Aber Hartland lehnte ab.

»Do you speak English?« fragte er den Karussellbesitzer.

Der schüttelte den Kopf.

»Taxi?« fragte Hartland.

»Oh — si!« sagte der Karussellbesitzer und deutete auf ein Taxi auf seinem Karussell.

»Verdammter Affe«, sagte Hartland, »no, taxi! taxi!« Der Karussellbesitzer schüttelte den Kopf. Dummes Volk, dachte Hartland. Aber der Tiber konnte nicht weit sein. Dort würde er sich vielleicht orientieren können. An einer Brücke würde ja dann hoffentlich ein Taxistand sein.

»Tebro?« fragte Hartland.

Die Menge schrie freudig auf und deutete in verschiedene Richtungen. Hartland wandte sich dorthin, wo — soweit ihm die Hühner und der Teddybär Sicht ließen — seiner Ansicht nach die meisten hinzeigten. Sofort schloß sich eine große Schar von Kindern und einigen Erwachsenen an, ein paar gingen voraus. Alsbald wurde ein heller Triumphgesang angestimmt. Aus den Fenstern winkten die Leute.

Hartland lockerte den Druck seines linken Arms und ließ die Micky Maus-Hefte fallen. Sofort stürzten sich die Kinder auf die Hefte, hoben sie auf und stopften sie wieder unter Hartlands Arm.

»Ihr könnt sie behalten, verfluchte Kretins!« schrie er. Die Kinder lachten und winkten und sangen weiter. Kein Heft fehlte.

»Gotteslästerliche Bande«, schimpfte Hartland und fing an, schneller zu gehen, obwohl ihm der Schweiß in Strömen herunterlief. Er kam durch weitere trostlose Gassen, die immer noch leicht abwärts führten. Hartland begann zu rennen. In den Händen hatte er schon einen Krampf von den schweren Flaschen. Schweiß und Staub verklebten ihm die Augen. Endlich erreichte er — es folgten ihm nur mehr wenige Kinder — eine breitere Straße, die aber völlig ausgestorben schien. Alte Straßenbahnschienen flimmerten in der Hitze. Vom Tiber war nichts zu sehen, an der Ecke aber war ein Krämerladen. Hartland ging hinein und stellte die Flaschen auf den Ladentisch. Eine alte Frau kam von hinten heraus. Sie war offenbar beim Mittagessen, denn sie kaute und wischte sich die Hände an der Schürze ab.

»Do you speak English?«

Die Alte kaute weiter. »Prego?«

Hartland fluchte wütend vor sich hin. Was heißt Netz auf italienisch? Oder Korb? Schachtel?

»Netz«, sagte er ganz betont deutlich.

Die Alte kaute.

»Schachtel«, sagte Hartland, »irgendeine gottverfluchte Schachtel.«

»Prego?«

Hartland deutete auf einen großen Karton mit Pfefferminzbonbons, der auf dem Ladentisch stand.

»Ah«, sagte die Alte, »quanto? Un mezzo kilo? Un kilo?« Sie begann die Bonbons auf eine Waage zu schaufeln.

Hartland schrie auf und lief hinaus. Die Alte rannte ihm nach und brachte ihm die Weinflaschen. Hartland hätte sie ihr am liebsten über den Schädel geschlagen.

Die Kinder hatten gewartet. Womöglich waren es inzwischen noch mehr geworden. Vermutlich hatten einige, die das Tempo nicht hatten mithalten können, den Vorsprung wieder eingeholt. Es war klar, daß er das Zeug nicht loswerden würde, solange die Bambinos um ihn waren. Er ging ein wenig in die Knie — bei der geringsten Bewegung brachen ihm neue Schweißströme aus — und lief dann geschoßartig los über die Straße, drüben in eine kleine Quergasse hinein und wieder in eine Quergasse. Der Start war so ruckartig gewesen, daß Hartland seinen Hut verloren und die Kinder erschreckt aufgeschrien hatten.

Hol der Teufel den Hut, dachte Hartland, als er in der zweiten Gasse verschnaufte. Er stellte die Weinflaschen auf den Boden. Da hörte er schon die Kinder lärmend nachkommen. Wahrscheinlich wollten sie ihm den Hut bringen. Hartland ließ die vier Flaschen stehen und lief weiter.

Es gibt in Rom viele Katzen, aber wenig Hunde. Man kann sagen: es gibt sehr viele Katzen und sehr wenig Hunde. Hunde sind eine ausgesprochene Seltenheit in Rom. Aber in jener Gasse, in die Hartland einbog, gerade in dem Augenblick, als er seinen Fuß auf das Pflaster jener Gasse setzte, sprang ein kleiner, struppiger und ungepflegter Hund aus einem Haus heraus und Hartland direkt zwischen die Füße.

Hartland fiel der Länge nach hin. Der Hund jaulte auf, die Hühner gackerten, die Mehltüte platzte, die Scherben der Kanne flogen herum, Hartland schoß das Blut aus der Nase, und schon waren die Kinder wieder da mit den Weinflaschen und dem Hut.

Hartland stand auf und besah sich. Sein Anzug war mit Staub, Straßendreck und nun auch mit Blut verschmiert. Sein Kinn fühlte sich pelzig an. In den Taschen seines Anzugs klapperten die Scherben der Tassen. Die Hose war zerrissen, das Futter von den Scherben zerschlitzt. Eine Frau putzte mit ihrer Schürze den Teddybären ab. Vier Kinder streckten Hartland je eine Weinflasche entgegen, ein fünftes den Hut.

Da war es aus. Ein rosa Schleier senkte sich vor Hartlands Augen — es waren Tränen der Wut. Er bäumte sich auf, brüllte, nahm die Hühner bei den Beinen und schlug sie den nächststehenden Kindern um die Ohren, daß die Kinder und Hühner aufjaulten respektive gackerten. Hartland konnte nur noch heisere, unartikulierte Schreie von sich geben.

Immerhin hatte sein Ausbruch den Erfolg, daß die Italiener — Erwachsene und Kinder — kreischend davonliefen. Nach wenigen Augenblicken war Hartland allein. Er gab dem Teddybären einen Tritt und hob seinen Hut auf. Die fliehende Menge hatte ihn zertrampelt. Hartland warf ihn weg. Vorsichtig suchte er zwischen den Scherben in seinen Taschen ein Taschentuch und wischte sich das Blut aus dem Gesicht. Dann ging er langsam fort.

Nach zwei, drei Gassen kam er auf einen kleinen, dreieckigen Platz. Man wird verstehen, daß Hartland von der idyllischen Stille dieses Ortes unbeeindruckt blieb. An einer Seite stand eine kleine Kirche, aus deren Quadriporticus Taxushecken schimmerten, an einem der Häuser plätscherte ein Brunnen. Hartland interessierte sich nur für das Wasser. Er setzte sich auf den steinernen Rand des Brunnens und trank. Dann klaubte er die Scherben und die zerdrückten Äpfel aus seinem Anzug, danach tauchte er sein Taschentuch ins Wasser und wischte sich Gesicht und Hände ab.

Eine verdammte Höllenstadt, fluchte Hartland. Er wollte noch einmal trinken und hielt sich dazu an einer Stange fest, die an der Seite des Brunnens angebracht war. Die Stange gab nach — es war die Pumpeinrichtung. Ein Schwall von Wasser ergoß sich über Hartland ...

Es ist schließlich keine Schande, und es kann jedem passieren, auch ist es ja nichts anderes als eine Krankheit und Vererbungsanlage, wenn einem schon in jungen Jahren die Haare ausgehen. Mit Erfolg oder Mißerfolg hat das, strenggenommen, nichts zu tun. Dennoch trug Hartland ein, wie es verschämt heißt, Toupet. Das Toupet war erstklassig. Er konnte damit schwimmen und, wenn er vorsichtig war, sogar ins Wasser springen, es hatte schon tropischen Regen und arktische Schneestürme ausgehalten. Niemand hatte je erfahren, daß Hartland nicht viel mehr als eine Halbglatze hatte. Den unerwarteten Wasserschwall aber aus dem kleinen römischen Brunnen hielt das Toupet nicht aus. Möglicherweise war durch den Schweiß die Befestigungspaste zersetzt worden, vielleicht war es schon durch den Sturz gelockert, jedenfalls spülte der Wasserschwall die falschen Haare fort, und ehe Hartland reagieren konnte, gurgelte das Toupet wie ein nasser Lappen in das rostige Abflußrohr hinab und war weg.

Hartland stand auf. Er schwankte wie ein Betrunkener, hielt sich an der Hausmauer fest und torkelte an ihr entlang. Vom Campanile der kleinen Kirche schlug es eins. Und mit dem Glockenschlag — man weiß ja, daß auch der Mittag eine Geisterstunde sein kann wie die Mitternacht — erschien Hartland eine Fata Morgana. In einer der kleinen Gassen, die von dem dreieckigen Platz wegführten, stand ein kanariengelber Chevy Impala. Sherbet P. Hartlands kanariengelber Chevy Impala, ohne Zweifel, denn es gab keinen zweiten so kanariengelben in ganz Rom.

Das verdammte Ding wird sich gleich in Luft auflösen, dachte Hartland, fingerte aber schon in der Tasche seiner blutverschmierten, zerrissenen Hose nach den Wagenschlüsseln. Vorsichtig, wie um die Fata Morgana nicht zu verscheuchen, näherte er sich dem Wagen, dessen Konturen leise zitterten.

Das ist eine Fata Morgana, sagte sich Hartland noch einmal, ganz typisch, gleich wird sie durchsichtig. Der Chevy Impala wurde nicht durchsichtig, im Gegenteil, er nahm dadurch noch festere

Formen an, daß vier Herren an das Auto heran-
traten. Drei der Herren trugen außerordentlich
kühn gemusterte Anzüge und hervorragend ele-
gante, leichte Sommerhüte. Der vierte Herr trug
eine Uniform. Er war ein Polizist. Was nun folgte,
konnte Hartland später nie mehr ganz rekonstruie-
ren. Seine Erinnerung bewahrte nur einige Bilder
auf, deren Reihenfolge ihm nie klar wurde.

Hartland war größer als die drei kühn-scheckigen
Herren, auch größer als der Polizist. Aber er war
allein, die andern waren zu viert. Daß einer der
drei Ganoven den Wagen kurzzuschließen versuchte,
entging dem Polizisten, der dabei war, mit den
zwei anderen darüber zu diskutieren, daß der
Wagen im Parkverbot stand.

Hartland keuchte wie eine Dampflokomotive,
und es ist fraglich, ob er sich selbst dann hätte ver-
ständlich machen können, wenn Italienisch seine
Muttersprache gewesen wäre. Der Ekel, mit dem die
drei geleckten Autodiebe auf den abgerissenen Hartland herabsahen — ja, herabsahen, obwohl er
einen Kopf größer war — brachte Hartlands Zorn
zur Explosion. Es mußte dann wohl sein eigener
Wagenheber gewesen sein, mit dem ihm einer der
drei Ganoven ins Kreuz schlug, daß ihm für Sekunden der Atem wegblieb, während der wütende Poli-

zist seine Mütze aufhob und einen blutigen Zahn in den Gully spuckte.

Es beunruhigte Hartland schon nicht mehr, daß sich die ganze Szenerie vor seinen Augen mit pulsierenden roten Punkten zu sprenkeln begann. Er erkannte aber noch, daß die riesige Menschenmenge, die sich angesammelt hatte, den anderen half. Wieviel Streifenwagen dann kamen, konnte Hartland nicht mehr zählen, aber er bedauerte, daß die harte Gerade, die er mit letzter Kraft führte, nicht einen Polizisten, sondern eine junge Frau aus der Menge traf. Die Frau ging unverzüglich zu Boden. Ob die drei Ganoven hämisch grinsend mit dem Chevy Impala fortfuhren bevor oder nachdem ihm die Polizisten die Handschellen anlegten, wußte Hartland später nicht mehr. Er war aber sicher, daß sie ihm mit Absicht über den Fuß fuhren.

Das Mobiliar des Wachlokals war außergewöhnlich unstabil. An das blöde Grinsen des Polizei-Capitanos, als der der Schreibmaschine auswich, die dann hinter ihm an der Wand zerschellte, konnte sich Hartland genau erinnern. Und daß die Zelle feucht und voll Ungeziefer war, prägte sich ihm ebenfalls ein.

»Ich habe gar nicht gewußt«, sagte Harris, als er die Zelle betrat, »daß Sie eine Perücke tragen.«

Der braungebrannte Hartland hatte beim Sonnen natürlich immer sein Toupet aufgehabt. Nun war die Glatze schneeweiß.

»Harris?« sagte Hartland.

»Wir haben eine Kaution für Sie gestellt. Sie dürfen vorerst einmal 'raus.«

»Ich danke Ihnen«, stotterte Hartland, als sie in Harris' Wagen ins Hotel fuhren, »daß Sie ... das alles für mich getan haben ... nach dem, damals in Portugal ...«

»Ja«, sagte Harris, »damals in Portugal.«

»Es geht Ihnen gut, jetzt wieder?« fragte Hartland. »Sie sind nicht mehr in Afghanistan?«

»Nein«, sagte Harris und lachte. »Afghanistan wäre frei. Ich kontrolliere jetzt die Außenstellen. Sie wissen es noch nicht? Ein Onkel von mir hat den Laden gekauft.«

Hartland schluckte.

»I am a winner«, sagte Harris.

Die Karriere des Florenzo
Waldweibel-Hostelli

D a die Anfänge der Laufbahn des heute welt-
berühmten Komponisten Florenzo Waldweibel-Hostelli absichtlich im dunkeln gehalten werden, ist nicht auszumachen — im Grunde genommen
ist es auch gleichgültig —, wer als erster von den
beiden in das Haus Annenstraße 14 eingezogen ist:
Florenzo Waldweibel-Hostelli (damals noch Che-
mielaborant und ziemlich glückloser Schriftsteller)
oder Erich Sagasser, der Pianist. Ob man in dem
Zusammenhang und in Anbetracht dessen, wozu das
alles geführt hat, von *Schuld* oder *Dank* und von
Glück oder *Unglück* sprechen soll, lasse ich dahin-
gestellt, nicht zuletzt, weil mir eine fachliche Wür-
digung der kompositorischen Werke Waldweibels
(von denen damals noch nicht einmal in Ahnungen
die Rede sein konnte) fernliegt. Fest steht jedenfalls, daß die jeweils aus nur einem Zimmer be-
stehenden Wohnungen Sagassers und Waldweibels
nebeneinander im gleichen Stockwerk lagen. Ich
glaube nicht, daß Waldweibel selber — selbst wenn
er nicht mehr als jeder andere besorgt wäre, seine

Anfänge zu verschleiern — die Stunde oder wenigstens den Tag anzugeben vermöchte, an dem *es* eigentlich anfing. Wie alle Dinge, ob groß oder klein, war *es* auf einmal da, ein Faktum, gewoben aus tausend Gründen im Bewußten und Unbewußten, die, wie alles, die Ahnenkette ihrer Kausalitäten wenigstens theoretisch bis auf den Urgrund unseres kosmogonischen Weltenstrudels zurückführen konnten: der Pianist Erich Sagasser übte. Er hatte einen bescheidenen, nichtsdestoweniger ermunternden Preis bekommen. Er bereitete sich auf einen Klavierabend vor, den er beim Volksbildungsverband geben sollte; überhaupt war er jung, fleißig und strebsam, und als ein solcher Pianist übte er eben. Er übte vormittags, er übte nachmittags, gelegentlich übte er abends. Als der Tag seines Konzerts näherrückte, übte er auch am Wochenende. Er spielte lange und komplizierte Tonleitern, um seine Finger geschmeidig zu halten. Er spielte sehr laute Oktavenparallelen, um Kraft in den Gelenken zu bekommen. Er übte säuselnde, elegische, hüpfende oder donnernde Etüden. Er spielte Bach, Schubert und Chopin. Er spielte Brahms, Skrjabin und Bartók. Er übte gelegentlich ein und dieselbe, vermutlich schwierige Stelle hundertmal hintereinander. Zur Erholung spielte er manchmal eine Sonate von Mozart. Hie und da kam ein Kollege, mit dem spielte er dann vierhändig.

Das alles wäre für Waldweibel-Hostelli kaum von Bedeutung gewesen, wenn die Töne nicht die dünnen Wände des Hauses Annenstraße 14 durchdrungen hätten. Zwar störte Waldweibel das vor- und nachmittägliche Üben seines Nachbarn nicht, denn um diese Zeit arbeitete Waldweibel an den Wochentagen in den unfreundlichen Räumen der Firma Dr. Harland & Dr. Filchner KG und ärgerte sich, daß er — anstatt lyrische Gedichte zu schreiben — irgendwelches Pulver mischen und in Flaschen abfüllen mußte. Gegen das abendliche Üben aber verwahrte sich Waldweibel in einer schriftlichen Beschwerde an die Hausverwaltung. Die Beschwerde war erfolglos, denn Sagasser hielt sich streng an die Hausordnung, soweit sie die Musikbetätigung der Inwohner reglementierte (im übrigen selbstverständlich auch, denn Sagasser hielt weder einen Leoparden noch ein Bordell, auch klopfte er seinen Teppich nie vor sechs Uhr in der Früh).

Es ist schwer zu entscheiden, ob ein musikalischer oder ein unmusikalischer Mensch mehr unter fremdem pianistischem Üben leidet. Dem schmalen Genuß, der sich dem musikalischen Zwangshörer gelegentlich bietet, steht der oft lebenslange Schaden gegenüber, der ihm dadurch zugefügt wird, daß eine einzige Passage aus einem schönen und großen Werk bis zum Wahnsinn wiederholt wird, so daß der musikalische Nachbar später schon beim ersten Ton dieses Werkes Krämpfe bekommt und bedauernd das unschuldige Werk aus dem Kreis seiner möglichen Kunsterlebnisse streichen muß. Demgegenüber empfindet der unmusikalische Nachbar — letztlich doch wohl milder behandelt — pianistisches Üben nicht anders als schlichten Lärm. So Florenzo Waldweibel-Hostelli, dessen außerordentlich rudimentäre Musikalität höchstens relativ tiefe und relativ hohe sowie schnellere und langsamere Musikstücke unterscheiden konnte. Die Nationalhymne erkannte er — als Lyriker — am Text.

Der erwähnte Beschwerdebrief war nicht nur erfolglos, er bewirkte sogar eine Verschlimmerung. Sagasser, vielleicht darüber aufgebracht, daß Waldweibel nicht den direkten Weg von Nachbar zu Nachbar gefunden hatte, um in Güte die Sache zu regeln, hielt sich von nun an nachgerade zynisch an die Hausordnung. An Samstagen (an denen Waldweibel lang im Bett lag und dichtete) hatte Sagasser früher nicht vor zehn Uhr vormittags zu spielen angefangen. In der Hausordnung hieß es, Musizieren an Werktagen sei erst ab acht Uhr gestattet. Der Samstag ist vorerst immer noch ein Werktag, sagte sich Sagasser und begann Schlag acht Uhr mit irgendwelchen besonders penetranten chromatischen Läufen. Am dritten Samstag, der so begann, bekam Waldweibel einen Tobsuchtsanfall und warf eine Bierflasche an die Wand. Darüber beschwerte sich nun Sagasser, und zwar mit Erfolg. Bierflaschenwerfen, so stand in einem ernsten Brief der Hausverwaltung an Waldweibel, sei keine Hausmusik und daher in der Wohnung weder nach acht Uhr an Werktagen noch überhaupt gestattet.

Das brachte Florenzo auf einen Gedanken. Er kaufte sich ein Waschbrett und rasselte darauf mit einem Kleiderbügel, sobald sein Nachbar zu üben begann. Leider mußte Florenzo bald erkennen, daß der Lärm, den er mit seinem Waschbrett erzeugte, dem pianistischen Üben seines Nachbarn nicht gewachsen war. Er nahm deshalb im Geschäft eine große, feste Pappschachtel mit, auf die er das Waschbrett band. Das Ergebnis war schon besser, befriedigte aber immer noch nicht. Daraufhin nahm Waldweibel eine Kiste, dichtete die Fugen ab und schnitt Schallöcher hinein. In den Deckel der Kiste ließ er das Waschbrett ein. Wenn nun Florenzo darüberstrich, klang es ungefähr so, wie man sich das ferne Heulen einer gefolterten Elefantenherde vorstellt.

Wieder beschwerte sich Sagasser, diesmal ohne Erfolg, denn Waldweibel erklärte seinen Lärm gleichfalls für Musik und verwies, diesmal zu seinen Gunsten, auf die entsprechenden Paragraphen der Hausordnung, in denen von keinem bestimmten Instrument die Rede war.

Ermuntert durch den Erfolg, schaffte sich Waldweibel eine noch größere Kiste und ein zweites, gröberes Waschbrett an. Dadurch, daß er eine rostige Kette rund um die Kiste befestigte, konnte er einen zusätzlichen, sehr befriedigenden Lärmeffekt erzielen.

Tags darauf fand Waldweibel neben den Mülltonnen den großen, verrosteten Deckel eines Waschkessels. Seine Wölbung ließ sich bequem mit dem Fuß eindrücken und gab beim Zurückschnellen einen ohrenbetäubenden Knall.

Große Freude bereitete Waldweibel die Entdeckung, daß eine Metallkugel, in einem bauchigen Glaskrug mit hoher Geschwindigkeit zum Rotieren gebracht, ein alles durchdringendes Kreischen erzeugte.

Das Arsenal seiner Lärmrevanche gegen den

Pianisten Sagasser lag und stand stets griffbereit. Kaum daß Sagasser bei Waldweibels nachbarlicher Anwesenheit einen Ton seines Klaviers rührte, stürzte Waldweibel zu seinem Instrumentarium und hörte nicht eher auf mit seinem höllischen Lärm, bis nicht auch Sagasser zu üben aufgehört hatte.

Sagasser war bald dem Nervenzusammenbruch nahe. Das Konzert rückte immer näher, Üben war notwendiger denn je. Er wagte schon nicht mehr, abends oder an Wochenenden zu spielen. Waldweibel aber nahm sich heimtückisch untertags frei, hie und da auch einen ganzen Tag Urlaub. Einen flehentlichen Brief Sagassers ließ Waldweibel unbeachtet. Die Bitte des gequälten Pianisten, auf seine Gesundheit und vor allem auf die junge, zarte Pflanze seines beruflichen Erfolges Rücksicht zu nehmen, beantwortete Waldweibel mit dem Ankauf von vier Kuhglocken und einer handlichen elektrischen Bandsäge. Der Gipfel in Florenzos teuflischem Instrumentarium aber war eine große Zinkwanne mit flachem Boden, in die er millimeterhoch Wasser einlaufen ließ, wonach er mit einem speziellen Gummisaugstößel durch wechselweises Ansaugen und Abreißen Geräusche von derartiger Lautstärke und vor allem Unanständigkeit hervorrief, daß sie mit nichts anderem als das Haus in seinen Fundamenten erschütternden Dinosaurierfürzen verglichen werden konnten.

Florenzo Waldweibel hatte aber nicht nur sein Lärmarsenal vervollkommnet, er hatte auch an Fertigkeit zugenommen, es zu handhaben. Wurde drüben der erste Ton am Klavier angeschlagen, begann er mit einem leichten Motorsägen. Dann schüttelte er die Kuhglocken, sprang zu den Waschbrettern über — drei Knaller mit dem Waschzuberdeckel — das Kreischen der Eisenkugel... er mischte die Geräusche, wechselte mit Behendigkeit die Zusammensetzungen, immer schneller, immer lauter folgten und überstürzten sich Knall und Kreischen und Rasseln und Klirren, wie ein Wichtel sprang Waldweibel endlich zwischen seinen Gerätschaften umher und betätigte stöhnend und schwitzend bald hier, bald dort buchstäblich mit Händen und Füßen seine Instrumente, bis alle gleichzeitig bewegt erschienen. Kam dann als Stretta das markerschütternde Donnern der Saurierfürze hinzu, war es, als wären hundert besonders bösartige Teufel dabei, das heilige Osterläuten der Kirchen von Rom zu parodieren.

Längst hatte dann, wenn Florenzo Waldweibel erschöpft in einen Sessel sank, der Pianist Sagasser sein tränenüberströmtes Gesicht unter Kissen verborgen, betend oder fluchend. Er litt — vier Tage vor seinem Konzert — so stark unter Schlaflosigkeit, Lärmhalluzinationen und Gleichgewichtsstörungen, daß er kaum noch aufrecht zu gehen vermochte.

Zwei Tage vor dem Konzert bekam Sagasser unerwartet einen hohen Besuch. Der Musikkritiker Kurt Hubert Krappel war gehalten (aus einem Grunde, der im für Außenstehende nur schwer zu durchschauenden Geflecht von Protektion und Rücksichtnahmen lag), das Konzert Sagassers zu rezensieren. Krappel war selbstverständlich viel beschäftigt und hatte am Abend des Konzertes keine Zeit. An und für sich hätte er nicht angestanden, das Konzert zu besprechen, ohne es besucht zu haben. Kurz zuvor aber war er damit hereingefallen: er hatte infolge einer unvorhergesehenen Programmänderung die ›Waldstein‹-Sonate anstelle der ›Appassionata‹ rezensiert und mußte sich seitdem gefallen lassen, daß man ihm nachsagte, er könne Dur und Moll nicht unterscheiden. So suchte Krappel den Künstler vor dem Konzert auf und wollte ihn auf Ehre und Gewissen über das Programm befragen, um nicht wieder eine unpassende Passage aus seinem Konzertführer abzuschreiben. (Es handelte sich dabei um einen sehr alten Konzertführer, den kaum noch jemand kannte, schon weil man große Teile der Auflage 1945 eingestampft hatte; im großen und ganzen aber war er für Krappel durchaus noch brauchbar, wenn er jeweils die Wörter ›jüdisch-dekadent‹ durch ›feinsinnig‹ ersetzte; dafür, daß Krappel manchmal beim Abschreiben die Seiten verwechselte, kann der alte Konzertführer schwerlich verantwortlich gemacht werden.)

Sagasser war vor Schreck und Ehrerbietung zu Stein erstarrt, als Krappel bei ihm eintrat. Sagasser erbot sich, unverzüglich sein ganzes Programm dem Kritiker vorzuspielen, der Kritiker winkte zwar dankend ab, aber Sagasser hatte sich schon ans Klavier gesetzt, die ersten Akkorde angeschlagen — er hatte in der Fülle seines Glücks ganz seinen satanischen Nachbarn vergessen, der auch diesmal unverzüglich seine ausgefeilte Lärmorgie entfaltete.

Sagasser spielte mit dumpfer Verbissenheit seinen Sonatensatz herunter. Krappel saß festgebannt auf seinem Stuhl.

»Eine Offenbarung«, sagte Krappel, als Sagasser geendet und auch der Lärm nebenan aufgehört hatte.

»Wirklich?« sagte Sagasser und war nahe daran, vor Krappel in die Knie zu stürzen und ihm die Hand zu küssen.

»Wer ist das Genie?« murmelte Krappel und eilte an dem verdutzten Pianisten vorbei zur Nachbarwohnung.

Der Rest ist bald erzählt. Schon am nächsten ›Internationalen Fest für Neue Musik‹ trat Waldweibel mit seinen ›Sadismen für Schlagzeug‹ auf und erntete das Lob aller Kritiker. Ein neuer Meister war entdeckt. Der Erfolg, wie es so heißt, wich hinfort nicht mehr von Waldweibels Seite.

Anfangs allerdings konnte sich Waldweibel nur schwer in die Rolle des Komponisten finden, nicht weil er unmusikalisch war, sondern weil er fühlte, daß er seiner eigentlichen Berufung, der zum lyrischen Dichter, ferner war als zu den unseligen Zeiten in der stickigen Firma Dr. Harland & Dr. Filchner.

Die Anstrengungen seines Entdeckers, der an den Tantiemen partizipierte, die Tantiemen selber und endlich die Gewöhnung an den Erfolg heilten die unglückliche Liebe Waldweibels zur lyrischen Dichtung. Waldweibel erkannte sogar, daß seine bescheidenen literarischen Einfälle (die wohl nie ausgereicht hätten, ihm Ruhm als Dichter zu verschaffen) von unschätzbarem Wert für seine Kompositionen waren: er erfand Titel, die ihm den glühenden Neid seiner neuen Kollegen eintrugen. So erfand er vor einigen Jahren spezielle Posaunen, an deren Züge er kleine Häkchen löten ließ. Für diese Instrumente verfaßte er: ›Trepanationen für sechzehn vollbärtige Posaunisten zur Demonstration des natürlichen Kontrapunktes‹. Beim Blasen sollten sich die Häkchen in den Vollbärten der Bläser widerhakengleich verfangen; da die Posaunisten gehalten sind, weiterzublasen, reißt es dann natürlich an ihren Barthaaren, so daß sie — die Posaunisten — kurz ihre Instrumente absetzen und Schreie ausstoßen. Je tiefer die Posaunisten blasen, desto stärker reißt es an ihren Bärten, desto höher werden damit die Schreie. Das ist, erklärte Waldweibel im ›Melos‹, der natürliche Kontrapunkt.

Da das Werk 1959 beendet wurde, widmete es Waldweibel dem Land Tirol (wo anders wären noch sechzehn vollbärtige Posaunisten aufzutreiben!) zur 150. Jahresfeier des Aufstandes von 1809 und gab ihm den zusätzlichen Untertitel ›Berg-Isel-Cha-cha-cha‹. (Wahrscheinlich fiel Waldweibel dem leider verbreiteten und durch nichts als die gemeinsame Bärtigkeit gerechtfertigten Irrtum, der Andreas Hofer mit Fidel Castro verwechselt, zum Opfer.)

1965, zum 200-Jahr-Jubiläum der Uraufführung des ›Orfeo‹ von Gluck, legte Waldweibel ein anderes sensationelles Werk vor. Er ließ sich damals von einem der Notenschrift kundigen Freund alle Noten auf dem Klavier bezeichnen, aus denen die bekannte Arie ›Che farò senz' Euridice‹ besteht. Aus den von Gluck für diese Arie nicht verwendeten Tönen (im wesentlichen ganz hohe, ganz tiefe und ein paar tonartenfremde in der Mitte) wob er ein längeres Musikstück aleatorischer Machart, also eine Art Negativ der Gluck-Arie, und nannte es ›Christoph-Willibalds Abdruck im Schnee, Chevaliers pocket-size-concerto‹.

Die Autorschaft an der Neubelebung der ormizellischen Katzenorgel (zweiundsiebzig angebundene Katzen, nach Stimm- oder besser Miau-Höhen geordnet und in eine Klaviatur gespannt, in der die Katzen je nach Tastendruck mit einer Nadel in den Schwanz gestochen wurden, womit man verschiedene Töne, ja Akkorde hervorrufen konnte) unter dem Titel ›Hommage à Ernst Theodor Amadeus‹ bestritt Waldweibel allerdings. Möglicherweise, erklärte er im Freundeskreis einmal, sei diese Unterstellung eine kleinliche Rache des Pianisten Sagasser, von dem man im übrigen nie mehr etwas gehört hat.

Die Glasglocke

Der Leutnant Rogier saß in seiner Bude und wartete auf die Rückkehr des Majors. Sein Verhältnis zum Vorgesetzten war nicht gut, vielleicht wegen der grundverschiedenen Anschauung vom Frühstück: das Essen ist das Erhaltende im Leben, sollte die Auffassung davon nicht den Menschen grundlegend formen?

Der Leutnant war jung, ein mittelgrauer Halbblondin. Seine Bude hatte er mit Bildern von Filmschauspielerinnen ausgeschmückt, traurig unwirklich in Grau und Sepia, aus Zeitungen geschnitten, und bei näherem Hinsehen nur aus den kleinen Punkten des grobkörnigen Klischeerasters bestehend. Auf dem Fensterbrett standen in einem Zahnputzbecher Disteln; Rogier liebte Blumen, aber da es in der Wüste keine Blumen gibt, brachte er jedesmal, wenn er auf Patrouille geritten war, einige Disteln und Tamarindenblüten mit ins Fort.

Der Major — Fiacre Payard — war, obwohl sehr rüstig und aufgeschlossen, ein Überrest des Fin de siècle. Er trug einen Schnurrbart und einen Henri IV. Früher hatte man ihn einen Liebling der Damenwelt genannt. Trotzdem war er durchaus

nicht romantisch, hatte keine Ideale, den Offiziers-
beruf übte er aus, weil es in der Familie üblich war
und weil es für Major Payard keinen anderen wirklichen Beruf gab.

Er kannte keine Ideale, nur eine Leidenschaft:
das Reiten. Das einzige höhere Lebewesen im Fort
— außer den zwei Offizieren und den sieben
Mann — war das alte Rennpferd des Majors, das
ihm vor Jahren eine Herzogin von Osillion geschenkt hatte.

Alltäglich ritt er mit ihm auf die Sanddünen hinaus, beschrieb einen Kreis von etwa einem Kilometer Durchmesser um das Fort und kehrte — von
der umgestürzten Säule bis zum Tor im Galopp —
nach Hause zurück.

Manchmal dehnte er seinen Ritt bis zum Wadi
aus, er blieb dann über Mittag fort, und auch heute
schien er das getan zu haben, denn es war bereits
zwölf Uhr.

Leutnant Rogier wartete mit Ungeduld, der Major hatte die heurige Zeitung als Kopfschutz mitgenommen; Rogier hatte sie noch nicht fertig aus-
wendig gelernt, und im August würde die neue
Zeitung kommen.

Vielleicht schon im Juli!

Gegen ein Uhr nahm der Leutnant die Füße vom

Tisch und ging die Treppe hinunter, durch die Küche hinaus auf den Balkon und stieg dann die drei Stufen zum inneren Wall hinab.

»Lovitt, ist der Major schon da?«

»Nein, Herr Leutnant«, der Posten stand stramm, »nein, der Major ist noch nicht da.«

Der Leutnant ging zurück auf den Balkon und drückte den Rest seiner Zigarette in den Topf der kleinen Palme, der in der Mitte des Balkons stand. Dann setzte er sich in die Küche und sah dem Soldaten Gasparo zu, wie er Erbsen kochte. Es war Mai; Mai! Im Mai gab es immer Erbsen. Im Juni wird Gasparo Sternchen-Nudeln kochen.

»Mit dem Urteil ist vom Verfassungsgericht Wert, Bedeutung und Funktion des Nationalrates ein für allemal festgelegt worden, in einer Weise, wie sie übrigens kein Staatsbürger sich anders vorstellen kann. Paradoxerweise sind mit der Ablehnung dieser in mehrfacher Hinsicht ...«

Gasparo sagte den Text der Zeitung mit monotoner, leiser, klarer, etwas kindlicher Stimme vor sich her.

»...seltsamen Klage die Unterlegenen die Gewinner, und verloren haben diejenigen, die vor Gericht recht behalten haben, und zwar auf politischer Ebene ...«, fuhr Leutnant Rogier seinerseits fort, lächelte dem Koch zu und ging wieder aus der Küche in sein Zimmer hinauf.

Lange Zeit schaute er aus dem Fenster, bis der Major um fünf Uhr durch das Tor rannte und Lovitt befahl, es sofort zu verschließen. Rogier eilte hinunter.

»Der Feind!« sagte der Major.

»Welcher Feind, Herr Major?«

»Er hat mir mein Pferd erschossen. Wie durch ein Wunder habe ich mich retten können. Ich werde verfolgt. Sofort alle Mann auf ihre Posten«, keuchte er.

Mit kaum mehr als mürrischer Eile begann man nach etwa einer halben Stunde mit der Ausführung des Befehls. Aus dem Keller wurden alte Säcke herbeigetragen, mit Sand gefüllt und vor das Tor geschleppt. Als der Abend kam, war man gerade dabei, die letzten Sandsäcke auf ihre Plätze zu stapeln. Im Schutze der Nacht dachte der Major die Kanone gereinigt auf den inneren Wall zu fahren. Ein Maschinengewehr würde auf dem Nordostturm, der vom ›Balkon‹ aus erreichbar war, ein anderes im Nordwestturm aufgestellt werden.

Die Tür von der Küche auf den Balkon wurde mit Sandsäcken ummauert, nur ein schmaler Eingang frei gelassen. Gegen zwei Uhr machte der

Major einen Rundgang, teilte die Wachen aus und stieg dann in sein Zimmer hinauf. Als er an der Tür des Leutnantszimmers vorbeikam, klopfte er an und steckte seinen Kopf in die Bude.

»Gute Nacht, Leutnant Rogier, jetzt heißt es: Kameradschaft!«

Der Leutnant stieg gerade aus seinen Khaki-Hosen und vergaß den Gruß zu erwidern.

Einige Zeit rumorte der Major noch in seiner Kammer. Er hatte, wie es sich später fand, ein Fernrohr aufgestellt.

Die dritte Nachtwache traf den Leutnant und Lovitt. Lovitt stand bei der Kanone am inneren Wall. Der Leutnant trat durch den schmalen Spalt zwischen den Sandsäcken aus der Küche auf den Balkon hinaus und stieg zum Soldaten auf den Wall hinunter.

Der Mond war groß und rot. Er sah aus, als ob er auf der alten Säule läge, die neben dem Fort stand.

»Wie ein Kandelaber«, meinte Lovitt und lächelte den Leutnant breit an und von unten, denn Lovitt war etwas untersetzt.

»Haben Sie etwas bemerkt, etwas Feindliches?«

»Nein, Herr Leutnant, es ist alles wie sonst.«

»Kein Mensch belagert das Fort?«

»Ich weiß nicht, Herr Leutnant, aber die andern haben auch nichts gesehen.«

»Aber irgend etwas — der Major muß doch — irgendwas, wenn das Pferd...«

»Grondflet und der Unteroffizier sind vor einer halben Stunde durch das kleine Tor hinausgeschlichen; sie wollen das Pferd suchen und sehen, ob es erschossen worden ist.«

Nach einer Weile sagte der Leutnant zum Soldaten:

»Die Sterne sehen aus, als wären sie ganz nahe an eine Glasglocke herangekommen, die über der Wüste hängt. Hält nicht Gott eine ebensolche Glasglocke über uns, die uns vor Gefahren schützt? Sie können nur bis ans Glas kommen und schlimmstenfalls die Zähne fletschen. Aber verhängnisvoll werden uns nur die Gefahren von innen.«

Damit war zweifellos der Major gemeint, und der Soldat verstand es, wenn auch nur indirekt. —

Bald sahen sie zwei Leute von Norden her auf das Fort zukommen. Es waren der Unteroffizier und der Soldat Grondflet. Lovitt ließ ihnen, als sie den äußeren Wall überstiegen hatten und an den inneren Wall gekommen waren, eine Strickleiter hinunter, und der Unteroffizier stieg zuerst hinauf. Er grüßte den Leutnant nach der Vorschrift, obwohl

außer Atem, und befahl dann Grondflet, heraufzu-
klettern. Grondflet war wie er außer Atem, keuchte
und spuckte in den Raum zwischen den Wällen hinunter und begann seine Stiefel auszuziehen. Er entfernte umständlich den Sand zwischen seinen Zehen
mit Hilfe eines Stäbchens, zog dann die Stiefel wieder an, ging in die Küche hinauf und von dort in
den Mannschaftsraum hinunter.

»Das Pferd ist schon erschossen worden«, sagte
der Unteroffizier, »aber mit der Pistole des Majors.«
Er zeigte die Patronenhülse, die er neben dem Ka-
daver gefunden. »Es war leicht zu finden, die Geier
waren schon dort.« Er stieg langsam die drei Stufen
zum Balkon hinauf.

»Haben Sie irgendwo Spuren gefunden?«

Der Unteroffizier drehte sich noch einmal um. Er
stand schon mit einem Fuß auf der Plattform des
Balkons. Im Mondlicht sah er aus wie eine Leiche.

»Nein, Herr Leutnant.«

»Wußte der Major etwas von Ihrer Expedition?«

»Nein.«

»Danke schön, gute Nacht.«

Leutnant Rogier drehte die Patronenhülse zwischen Daumen und Mittelfinger und kaute dabei,
jedoch ohne etwas im Mund zu haben. Dann warf
er die Hülse in die warme Dunkelheit des Grabens

hinunter. Unten klirrte sie leicht, und einige Augenblicke verharrte der Klang in der Luft.

Der Leutnant hoffte, daß es bis zum Morgen besser würde, aber der Major hieß ihn schon gegen acht Uhr in den Turm hinaufkommen, um mit ihm die Lage zu besprechen.

Major Payard hatte auf ein Stück Packpapier eine Karte der Festung gezeichnet. Auch die Umgebung war angedeutet, und der Leutnant vermutete, daß der Major die Gegend von seinen Ritten her so genau kannte. Major Payard hatte die Karte auf den Tisch gebreitet und deutete mit dem Säbel darauf. Er murmelte vor sich hin.

Endlich bemerkte er Rogier und sagte: »Ah, da sind Sie ja. Kommen Sie her! Hier, diese Karte habe ich heute nacht aufgezeichnet. Sie stellt die Festung dar, das Wadi, dort eine Düne, die kleine, und hier die große, andere. Das ist die Säule vor dem Fort, und das ist die umgestürzte, die etwa sechzig Meter weiter weg liegt. Dies aber ist das Tor.«

Leutnant Rogier ging um den Tisch herum und stellte sich neben den Major. Der Leutnant war etwas größer als sein Vorgesetzter, der jetzt die Hände hinter dem Rücken hielt und sich über die Karte beugte. Er blinzelte, deutete auf eine Stelle der Karte und drehte sich dann um, dem Fernrohr zu. Er schaute durch, stellte es ein und ließ dann seinen Leutnant durchschauen.

Leutnant Rogier sah nur einen gelben Fleck. Die Wüste war wie flüssiges Kupfer, sie floß auf und ab, in weichen Linien. Und der Himmel war lichtblau, am Rand etwas gelblich; der Übergang vom Blau zum Gelb war ganz hell, fast weiß, wie immer.

Der Leutnant drehte sich weg vom Fernrohr und sah den Major an. Er wollte ihn ›offen‹ ansehen, ins Auge.

»Herr Major, es ist lächerlich. Es ist kein Feind zu sehen, nirgends!«

»Sind Sie wahnsinnig? Kein Feind?«

»Herr Major, gestatten Sie, daß ich es sage: Sie irren sich.«

»Soll ich Sie an die Wand stellen?« Der Major war rot angelaufen und fuhr mit den Händen wild in der Luft herum. »Sie Rebell!«

»Herr Major, ich sehe mit dem besten Willen keinen Feind. Wer sollte schon gegen uns Krieg führen?«

Der Major setzte vor Wut seinen weißen Stahlhelm auf.

»Ich — ich — ich befehle Ihnen, daß ein Feind da ist!« brüllte er den Leutnant an.

»Zu Befehl, Herr Major!« Der Leutnant nahm kurz die vorgeschriebene Haltung an und ging dann hinaus.

Der Major lächelte wieder zufrieden.

In der ersten Juniwoche hatte Major Payard Geburtstag, und zur Verschönerung des Tages wurde alljährlich ein Sommernachtsfest abgehalten.

Obwohl der Major starke Feindbewegung beobachtet und für den nächsten Tag einen Angriff vorausgesagt hatte, konnte ihn der Leutnant überreden, das Fest auch in diesem Jahr stattfinden zu lassen.

Der Balkon wurde dafür eingerichtet: die Palme auf die Seite gerückt und die Illumination angebracht. Dann hielt der Leutnant eine kurze Ansprache, der Major dankte — ebenfalls mit einer kurzen Ansprache —, der Unteroffizier drückte dem Major die Glückwünsche der Mannschaft aus und überreichte ihm ein besonders zubereitetes Biskuit.

Es war alles wie in den anderen Jahren, nur beim Tanz war eine kleine Veränderung zu bemerken: seit eh und je hatte Jean Foullard mit der Gießkanne getanzt, die übrigens noch aus der Zeit des Vorgängers des jetzigen Kommandanten, eines gewissen Oberstleutnants Prondule, stammte. Heuer im Frühjahr aber hatte Grondflet die Gießkanne

Foullard im Kartenspiel abgewonnen. Er hatte sie auch umgetauft, sie hieß jetzt Josephine, und er hatte sie geputzt, denn Foullard war ein Soldat ohne Sinn für Sauberkeit gewesen.

Das Fest ging seinem Höhepunkt zu. Die Offiziere saßen auf ihren Stühlen, die direkt unter dem Lampion standen. Der Leutnant klopfte den Takt zur Musik. Der Major rauchte eine Zigarre und schaute dem Treiben der Leute zu. Grondflet tanzte mit Josephine, Foullard mit einem Besen, der sonst eigentlich den Offizieren als Dame vorbehalten war. Lovitt machte die Musik. Er sang, manchmal hoch, manchmal tief, mit bemerkenswerter Agogik. Manchmal pfiff er, um einen besonderen Effekt hervorzurufen.

Die anderen zwei Mann und der Unteroffizier spielten Karten. Es war allerdings nicht mehr das ganze Spiel vorhanden, im Laufe der Jahre war manche Karte verlorengegangen, manche war völlig durchgewetzt und unbrauchbar geworden. Bis vor kurzem hatten sie noch vier Karten gehabt, aber der Koch hatte aus Versehen eine davon mit den Kartoffeln zerschnitzelt, im März, denn im März gab es immer Bratkartoffeln. Die Mannschaft hätte ihn umgebracht, wenn er nicht der Koch gewesen wäre.

So besaßen sie nur noch drei Karten: einen Karo-Buben, einen Treff-Neuner und einen Treff-Zweier. Die Spielregel war einfach: wer den Karo-Buben bekam, hatte gewonnen.

Es gab auch noch eine Abart dieses Spieles: es gewann derjenige, der den Treff-Neuner hatte. Eine weitere Abart des Spiels läßt sich unschwer erraten.

So wurde es sehr lustig, vielleicht auch etwas ausgelassen. Unbemerkt und schnell war es zwölf Uhr geworden. Major Payard hatte seine Zigarre zu Ende geraucht und schickte sich an, nach oben zu gehen. Er wünschte der Mannschaft für den Rest des Festes gute Unterhaltung und ermahnte sie zur Vorsicht. Er hatte den Krieg nicht ganz vergessen.

Der Leutnant tanzte noch einmal mit dem Besen und einen Ehrentanz mit Josephine. Dann ging auch er hinauf.

Auf der Treppe noch zu seiner Kammer hörte er den gedämpften Lärm der fröhlichen Soldaten. Er wollte noch zum Major, wußte aber selbst nicht recht, warum. Er schwankte einige Augenblicke, fand dann aber, daß es nicht schicklich wäre, in so vorgerückter Stunde einen Vorgesetzten zu besuchen, und ging auf sein Zimmer.

Er schloß die Tür und schaute von der Mitte der Bude aus durch das Fenster. Das einzige Fenster ging nach Süden hinaus, der Balkonseite abgewandt, und deshalb hörte er die Soldaten nur noch ganz leise, der Lärm vermischt mit der großen Stille der Wüste, die wesenlos, schwarz und glasklar über der sichtbaren Welt lag. Wie Raubtieraugen starrten die Sterne vom samtenen Himmel herunter und in die Kammer Rogiers hinein. Er drehte sich um, zog seinen Rock aus, band die Krawatte los und hängte sie in den Kasten zur anderen. Dann zog er die Schuhe und die Hose aus und legte sich ins Bett. Er sah noch eine kurze Weile zur Decke, löschte dann das Licht und drehte sich zur Wand.

Er wußte nicht recht, hatte er schon geschlafen oder hatte er noch nicht geschlafen, als er den Unteroffizier vor seinem Bett stehen sah.

»Herr Leutnant, Herr Leutnant, der Foullard ...«

»Ja?«

»Der Foullard ist verwundet. Wir wollten gerade Schluß machen mit dem Fest, da fiel Foullard um und jammerte und schrie: ›Ich bin getroffen!‹ Wir glaubten, es wäre ein Witz, aber Foullard wurde bewußtlos!«

Der Unteroffizier machte ein halb noch erstauntes, halb wichtiges Gesicht.

»Und dann sahen wir, daß er an der Stirne eine

Wunde hat, wie von einem Streifschuß. Aber es ist kein Schuß gefallen, bestimmt nicht, Herr Leutnant.«

Der Leutnant sprang aus dem Bett und stieg mit dem Unteroffizier die Treppe hinunter.

»Wir haben ihn gleich in die Küche getragen und seine Wunde ausgewaschen. Soll ich es dem Herrn Major melden?«

»Noch nicht, warten Sie.«

Die beiden waren in die Küche gekommen. Die ganze Mannschaft drängte sich um den Verwundeten. Der stöhnte. Der Leutnant bestimmte zwei Soldaten, die ihn in den Offiziersspeiseraum, gegenüber der Leutnantskammer, tragen sollten, dort war auch der Sanitätskasten. Einen Mann schickte er hinunter, um vier Raketen zu holen.

Leutnant Rogier trat, nachdem die Raketen gebracht waren, mit dem Unteroffizier auf den Balkon hinaus. Die Nacht war ganz dunkel geworden; der Leutnant fror in seinen Unterhosen. Er schoß die vier Raketen nacheinander in verschiedene Richtungen am Ort des Unfalls ab, aber kein Mensch war außerhalb des Forts zu sehen. Er stieg trotzdem noch auf den kleinen Turm und schoß aus dem Maschinengewehr einen Satz Leuchtspur. Aber auch daraufhin rührte sich nichts.

Als der Leutnant schon wieder vom Turm herunter war, schaute der Major oben aus seinem Fenster heraus.

»Was ist los?«

»Ein Mann wurde angeschossen. Ich habe nur mit Leuchtspur die Gegend ein wenig abgesucht.«

»Warum haben Sie mir das nicht gemeldet?«

»Ich wollte Sie wegen der Kleinigkeit nicht wecken.«

Leutnant Rogier blieb, nachdem er sich geschwind angezogen, selbst auf der Wache, bis sich im Osten ein lichtblauer Streifen abzuzeichnen begann.

Die Wüste ist wie flüssiges Kupfer, sie brodelt auf und ab, und der Horizont verschwimmt. Darüber steht der Himmel, hell und zerbrechlich, am Rand ist er gelb wie die Wüste. Aber der Übergang vom Gelb zum Blau ist nicht grün, sondern ganz licht, ein mildes Weiß, elfenbeinfarben. Ein paar Wolken dehnen sich aus der Ferne bis zur Mitte des Himmels, die Sonne bescheint sie von unten, so daß sie goldene Bäuche haben.

Der Soldat La Borronière saß im Hof des Forts und putzte sein Gewehr. Er hielt sich mit Vorliebe im Hof auf, er war überhaupt ein Einzelgänger, das mochte mit seiner Vergangenheit zusammenhängen. Er sah sehr vornehm aus und war sicher aus guter

Familie. Er war groß und schwarz und hatte früher große Erfolge bei Frauen, vor allem deswegen, weil zu seinem guten Aussehen noch erstaunliche geistige Fähigkeiten kamen und ein gewisser Anschein von Verrücktheit. Sein Haupttrumpf aber war seine gerade Nase. Er hatte eine ganz dünne, feine, gerade Nase, außerdem schöne Augenbrauen.

Es ärgerte ihn furchtbar, daß er hierher, in dieses Fort, versetzt worden war, aber er suchte dennoch nicht um eine Abänderung des Befehls nach. Er trug seinen Zorn mit Spott und Melancholie.

Er blieb gern allein, und seine Kameraden hatten bemerkt, daß er Gedichte in den Sand schrieb. Einmal hatte er eines auf Papier geschrieben und es Grondflet zu lesen gegeben. Der war dann darauf gekommen, daß es mit einigen Abänderungen auf die Melodie eines alten Schlagers paßte, und seitdem wurde das Gedicht La Borronières alljährlich beim Sommernachtsfest als Auftakt gesungen.

La Borronière, der eigentlich Poule hieß, wäre ein glänzender Offizier gewesen. Und seinerzeit in Paris wollte man ihm das Leutnantspatent geben; aber La Borronière schlug es aus, obwohl er ungewöhnlich ehrgeizig war. Seine Handlungsweise hatte niemand verstanden, genausowenig wie damals, als er kurz vor seiner Promotion gestanden war. Seine

Dissertation hatte an der Universität Aufsehen erregt, alle hielten ihn für einen fähigen Kopf. Er versäumte jedoch den Termin des Rigorosums, ließ sich nicht einmal die schon bezahlten Gebühren erstatten, und einige Wochen später trat er in ein Priesterseminar ein.

Sechs Tage nachdem er zum Diakon geweiht worden war, wurde er wegen Verbreitens pornographischer Schriften aus dem Seminar entlassen und exkommuniziert. Er trat der Buddhistengemeinde bei und immatrikulierte für Orientalistik und vergleichende Sprachwissenschaften. Dann begann der Krieg. La Borronière kam an die Front, wurde mit dem Ritterkreuz der Ehrenlegion ausgezeichnet, desertierte aber kurz vor einem deutschen Angriff. Die Ehrenlegion rettete ihn vor dem Galgen.

La Borronière wechselte den Namen, gab sich für einen Welschschweizer aus und wurde in das Fort versetzt.

In den ersten Jahren, die er hier war, schrieb er an einem Buch mit dem Titel ›Sag adieu auch zu den Schwänen‹; als ihm aber die Tinte ausgegangen war, verbrannte er das Manuskript.

Der Unteroffizier konnte ihn nicht leiden, weil er faul war, das heißt: er ließ sich nichts befehlen.

In der Woche nach Foullards ›Verwundung‹

wurde er merkwürdig unruhig. Er schlief nachts nicht mehr, dafür am Tag. Er sprach mit niemandem mehr ein Wort, und er trank sehr viel. Ständig sah man ihn mit dem gelben Pulver umherlaufen (in der dunkelblauen Blechbüchse mit der weißen Schrift): Trockenwasser, das, ähnlich der Trockenmilch, eigens für die Truppen in der Wüste hergestellt wird.

Nachdem Foullard genesen war und niemand an den Rückfall dachte, der ihn später töten würde, suchte La Borronière möglichst mit ihm den Dienst und die Wachen zu teilen. Er hatte früher nie etwas für Foullard übrig gehabt, den er — wie alle Belgier — für einen Bettnässer hielt.

Einmal, in den ersten Julitagen, es gab schon einige Male Frittatensuppe, klopfte Foullard an die Tür zum Majorszimmer.

»Herr Major, gestatten —!«

Der Major rührte sich aber nicht.

»Herr Major, gestatten Sie —«

Der Major drehte sich hörbar im Bett herum. Foullard trommelte mit den Fingerspitzen und sang:

»Herr Major, Herr Major!«

Der Major schnarchte kurz und wachte dann auf.

»He?« Er sprach das ›He‹ immer sehr nasal, mit spitzer Betonung auf dem ›e‹.

»Herr Major, ich bin es, Gefreiter Foullard.«

»So?«

»Ich habe mit La Borronière die Wache. Und er steht jetzt draußen vor der Festung.«

»Warum?«

»Das weiß ich nicht.« Foullard war sehr erregt. »Ich glaube, er will uns verraten. Er ist ja schon einmal verurteilt wegen Desertierens.«

Der Major schloß die Tür auf und ließ Foullard ein. Major Payard hatte ein langes, weißes Nachthemd an, dessen Knopfleiste am Hals mit rotem Zwirn bestickt war. Er hatte die Dienstmütze aufgesetzt.

»Kommen Sie herein, Foullard.«

Foullard trat ins Zimmer.

»Wo ist er?«

»Dort draußen bei der Säule. Man müßte es von Ihrem Fenster aus sehen, Herr Major.«

Der Major trat ans Fenster. Foullard schaute ihm bescheiden über die Schulter. Er wagte es, sich heimlich über die Beine des Majors lustig zu machen.

»Aha! Ich sehe ihn!« sagte Major Payard streng. »Da, schauen Sie durchs Fernrohr!«

»Zu Befehl.«

Foullard schaute durchs Fernrohr. La Borronière

stand aufrecht am Fuße der Säule und richtete seinen Blick starr in die Wüste hinaus. Der Mond beleuchtete seine Haare und ließ seine Augen aufleuchten. Er rührte sich kaum, nur ab und zu bewegte er die Lippen; er schien so nahe, und es berührte komisch, daß man seine Worte dennoch nicht verstehen konnte. Die Stille der Wüste ragte wie eine ungeheure Säule bis zum Firmament hinauf, sie war so schwer, daß sie die Welt fast erdrückte.

Zwischen La Borronière und das Fort fiel der Schatten der Säule, ein tiefschwarzer Mondschatten, und es schien, als ob mit diesem Schatten der Soldat und das Fort durch eine unendliche Kluft getrennt wären, als ob, wie ein Planet im Weltall, der Soldat La Borronière um das Fort als seinen Mittelpunkt kreiste.

La Borronière drehte sich plötzlich um, durchschritt den Schatten und ging auf die kleine Ausfallspforte zu.

»Er kommt jetzt wieder herein, Herr Major!« Im ersten Augenblick, als er das Auge vom Fernrohr nahm, war Foullard schwindelig.

»Gehen wir hinunter. Ist Ihr Gewehr geladen?«

»Jawohl, Herr Major!«

Sie stiegen die Treppe hinab und in den Keller, gingen durch das Pulvermagazin und dann durch die Vorratsräume. Alle Türen waren offen. Woher hatte La Borronière die Schlüssel?

Der Major stellte sich links, Foullard rechts neben die eiserne Ausfallstür. Sie hörten draußen den Sand unter den Tritten La Borronières knirschen und sahen dann die Tür sich leise bewegen.

La Borronière trat ein. Er sah den Major und blieb überrascht stehen. Foullard packte seine Hand, die noch auf der Klinke lag. »Hätte ich mir nicht gedacht, Sie Schwein«, sagte der Major.

La Borronière sah zu Boden.

»Geben Sie Ihren Revolver her!«

La Borronière nahm ihn aus dem Gürtel, er verhakte sich, und er mußte eine Weile mit der Linken nesteln; seine Rechte hatte Foullard fest gefaßt. Der Major war ihm behilflich, den Revolver aus dem Gürtel zu bringen.

»Was haben Sie für Ihre Verräterei bekommen?«

La Borronière zog ein Päckchen Tabak aus der Feldbluse. Der Major nahm es und betrachtete es aufmerksam. Es war eine kostspielige ausländische Marke.

»Führen Sie ihn in den unteren Keller, Foullard.«

Foullard zog den Verräter mit sich hinaus. Der Major sperrte die Ausfallspforte sorgfältig zu und rückte noch den Hackstock davor. Dann lief er hinaus aus dem Keller, denn der Steinboden war sehr kalt, und der Major fror mit den bloßen Beinen und im Nachthemd.

Am nächsten Tag — es war der Tag des heiligen Eulogius, des Namenspatrons von La Borronière — wurde ein Kriegsgericht gebildet, und der Major verurteilte den Verräter zum Tode. Leutnant Rogier erhob Einspruch und verwies auf das Kreuz der Ehrenlegion, das La Borronière trug, aber der Major hatte die Festung für belagert erklärt und nahm den Ausnahmezustand in Anspruch. Außerdem, erklärte der Major, habe La Borronière die Auszeichnung unter einem anderen Namen erhalten, offiziell wisse er demnach nichts davon.

La Borronière wurde erschossen und am Südende des Hofes begraben, unweit der Stelle, wo er immer die Gedichte in den Sand geschrieben hatte.

Foullard und Gasparo sprengten in der nächsten Nacht in einem kühnen Handstreich die Säule. Sie zerbarst, als ob sie aus Staub gewesen wäre.

Das Päckchen Tabak aber behielt der Major. Er steckte es in die blaue Empire-Vase mit den silbernen, angeklebten Henkeln. Sie sei echt, behauptete der Major.

Foullard erlitt den überraschenden Rückfall in der Nacht. Man verständigte sofort den Unteroffizier, ohne Hast, trotz der Überraschung, denn die Anzeichen und Begleiterscheinungen der Krankheit waren die gleichen wie die nach der Verwundung und demnach vertraut und bekannt. Wäre es eine unbekannte Krankheit gewesen oder gar eine neuerliche Verwundung, hätte man nicht nur den Unteroffizier verständigt, sondern den Leutnant, wenn nicht gar den Major.

Der Unteroffizier war auf Wache gewesen und kam über die Treppe herunter in den Mannschaftsraum. Die Gemeinen — nach La Borronières Tod nur noch vier — nahmen in ihren Nachthemden die vorschriftsmäßige Haltung an. Der Koch Gasparo schlief jedoch ohne Nachthemd.

»So«, sagte der Unteroffizier, »haben Sie ihm schon etwas Wasser gegeben?«

Gasparo meldete, daß man ihm noch kein Wasser gegeben hatte.

»Dann geben Sie ihm Wasser!«

Gasparo, der Koch, dessen Aufgabe es war, die Lebensmittel zu verwalten, verließ den Raum. Er hatte seine Unterhose angezogen, denn er genierte sich.

»Wie haben Sie denn bemerkt, daß Foullard wieder krank geworden ist?« fragte der Unteroffizier Lovitt.

»Weil er nicht mehr schnarchte«, sagte Lovitt, »zu Befehl.«

»Er schnarcht nicht mehr?«

»Nein, das wissen wir nämlich schon von vorher, er kann überhaupt nichts mehr sagen, nur noch deuten.«

»So«, sagte der Unteroffizier wieder, und »geben Sie ihm recht gutes Wasser, soviel er braucht. Es ist ja keine neue Krankheit.«

Die Soldaten standen wieder stramm, der Unteroffizier grüßte und verließ den Raum. Grondflet stieg sofort wieder in sein Bett, Lovitt aber sagte zu Polland, dem dritten Soldaten:

»Ob wir ihn nicht extra legen sollten?«

»Ja«, sagte Grondflet vom Bett aus, »weil er, als er vorher krank war, in der Offiziersmesse gelegen ist, deshalb sollten wir ihn extra legen.«

»Gut«, sagte Lovitt, »legen wir ihn in La Borronières Bett; er wird deswegen nicht gleich sterben.«

Foullard hatte jetzt rosaroten Schaum vor dem Mund und ein grünes Gesicht. Aber beides war gewohnt und nicht erschreckend, und es gehörte zur Krankheit.

Lovitt und Polland legten ihn auf La Borronières Pritsche und stellten diese weit weg von den übrigen.

»Sie stellen ihn nur extra«, sagte Grondflet zu Gasparo, der jetzt zurückkam, »und du sollst ihm gutes Wasser geben, soviel er braucht.«

Gasparo sah Foullard an. »Ja — aber jetzt braucht er gar kein Wasser mehr... Wenn er den roten Schaum hat und das grüne Gesicht, braucht er doch kein Wasser?«

»Nein«, sagte Grondflet, »dann nicht.«

Gasparo stellte das Wasser neben sein Bett.

»Wir löschen jetzt das Licht«, sagte Lovitt und löschte es, und die Soldaten schliefen bald wieder ein. —

Foullards Krankheit aber verwandelte sich und wurde ungewöhnlich. Kurz vor drei Uhr, da er nach der Einteilung die Wache hätte übernehmen müssen, schrie er. Es war nur ein Schrei, kurz, aber laut, so, als hätten sich viele kleine Schreie im Lauf der Nacht in Foullards Mund angesammelt, und plötzlich wären es zu viele geworden, und sie wären hinausgefahren in einem Schrei.

Die Soldaten fuhren auf, und Lovitt, der sein Bett neben dem Schalter hatte, zündete das Licht wieder an.

Foullard schrie noch einmal, jetzt lauter als zuerst und anders; so, als kämen viele Schreie aus seinem Innern heraus und sprängen pausenlos und ruckartig über seine Lippen. Der Schrei dauerte gute fünf Minuten.

»Jetzt müssen wir es dem Leutnant melden«, sagte Grondflet.

»Und er muß sofort in die Offiziersmesse hinaufgebracht werden, weil er so schreit«, sagte Gasparo. »Ich gebe ihm etwas Wasser.«

Während Gasparo dem Soldaten Foullard etwas Wasser gab, kam der Major.

Der Major hatte den Schrei gehört, weil er wach gelegen und sich Kampf- und Taktikfragen überlegt hatte. Er trug sein Nachthemd mit dem rotbestickten Kragen und seinen Offiziersstahlhelm mit den Emblemen der Republik. Er flüsterte.

»Lassen Sie mich mit dem Mann allein.«

Die Soldaten — erstaunt, weil es das erstemal war, daß der Major in den Mannschaftsraum kam — nahmen Haltung an und gingen einzeln zur Tür hinaus. Gasparo war froh, daß er seine Unterhose gleich anbehalten hatte.

»Warten Sie vor der Tür, falls ich Sie brauchen sollte —«

»Zu Befehl!« antwortete Lovitt. — Kaum aber war die Tür geschlossen, öffnete sie der Unteroffizier wieder. Der Major hatte sich auf den Zehenspitzen einen Schritt Foullards Lager genähert.

»Herr Major —«

»Seien Sie doch ruhig, wenn ein Maroder herinnen liegt!«

»Herr Major — Foullard hätte die Wache übernehmen sollen...«

»Sie sehen aber doch, daß er sie nicht übernehmen kann!«

»Zu Befehl, Herr Major!«

Der Unteroffizier ging wieder hinaus. Major Payard näherte sich ganz langsam der Pritsche.

Foullard, der eben noch ganz regungslos gelegen, richtete sich, wie von Seilen gezogen, auf.

»Bleiben Sie liegen, bleiben Sie ruhig liegen«, sagte der Major, und Foullard fiel mit einem Ruck zurück, als wären die Seile durchschnitten worden.

»Ich werde Ihnen etwas Wasser einflößen«, sagte der Major und nahm das Wassergefäß.

Foullard öffnete die Lippen, ohne aber die Augen aufzuschlagen, und ließ sich das Wasser in den Mund schütten. »Hat es Ihnen geholfen?«

Der Soldat lag regungslos auf seiner Pritsche. Nach einer Weile, die Major Payard untätig gewartet hatte, schüttete er ihm den Rest des Wassers in den Mund. »Hat es Ihnen geholfen?«

Wieder lag der Soldat, ohne sich zu regen. Der

Major überlegte eine Zeitlang. Dann richtete er sich auf und sagte:

»Es hat Ihnen nicht geholfen? — Gut, ich werde Sie zum Obergefreiten machen.«

Ohne die Augen vom Soldaten zu lassen, stand er auf und rief nach dem Unteroffizier.

»Bringen Sie die Fahne. Wecken Sie Leutnant Rogier, holen Sie zwei Kerzen und das Reglement. Die Soldaten sollen sich — bis auf die Wache — im Zimmer aufstellen.«

Immer noch ohne einen Blick von Foullard zu lassen, begrüßte er den Leutnant und informierte ihn über das Geschehene und über seine Absichten. Fast ohne den Blick vom Kranken zu wenden, überwachte er die Aufstellung der Mannschaft, bestimmte, wer das Reglement und wer die Kerzen zu halten habe. Dann kam der Unteroffizier zurück und brachte die Fahne.

»Singen Sie die Nationalhymne!«

Lovitt und Grondflet sangen die Nationalhymne. Sie waren aber heiser, weil sie so lange mit bloßen Füßen auf dem Betonboden stehen mußten.

»Singen Sie auch die zweite Strophe!«

Sie sangen auch die zweite Strophe. Nach der zweiten Strophe sagte der Major:

»Gefreiter Jean Foullard! Ich ernenne Sie —

zum — Obergefreiten! Singen Sie die dritte Strophe.«

Während die Soldaten die dritte Strophe sangen, ging Major Payard zur Pritsche Foullards, nahm seinen Helm ab, beugte sich über den Gefreiten und küßte ihn lange, aber nicht so, wie er eine Geliebte, sondern eher wie er als Mutter sein Kind geküßt hätte. Dann trat er zurück und befahl, daß die vierte Strophe gesungen würde. Während der fünften Strophe kratzte sich Major Payard unter dem Nachthemd am Oberschenkel.

Nach der fünften Strophe hieß er den Unteroffizier die Fahne über Foullard breiten.

»Aber er lebt doch noch«, sagte der Unteroffizier.

»Tun Sie, was ich Sie geheißen habe.«

Lovitt und Grondflet sangen die sechste Strophe der Nationalhymne, und der Unteroffizier bedeckte Foullard mit der Fahne. Bevor er das Gesicht bedeckte, sagte der Major:

»Gute Nacht, Obergefreiter Foullard!«

Dann wandte er den Blick von der Pritsche ab und sagte: »Melden Sie der Wache meinen Befehl: hundertundeinundzwanzig Schüsse aus der Kanone für den vaterländischen Helden Foullard! Es sollen Salutschüsse sein; aber wenn zugleich damit ein

Feind getroffen wird, so soll es keine mindere Ehre für den Helden Foullard sein, und wir wollen es aus Sparsamkeit zulassen. — Und nun: auch Ihnen eine gute Nacht.«

Im Hinausgehen drehte er sich noch einmal um: »Was ich noch befehlen wollte: die Mannschaft schläft heute in der Offiziersmesse, damit Foullard allein bleibt. Leutnant Rogier, Sie gehen doch gleich mit mir?«

Der Major und der Leutnant gingen hinauf. Die Mannschaft nahm ihre Betten, nachdem sie die siebente und achte Strophe der Nationalhymne gesungen hatten — von der siebenten an mußten sie das vaterländische Gesangbuch zu Hilfe nehmen — und stiegen mit dem Bettzeug unterm Arm die Treppe zur Offiziersmesse hinauf. —

Die Salutschüsse dauerten bis zum frühen Morgen, weil das Laden der altmodischen Kanone nicht sehr schnell ging. Alle Viertelstunden mußte sie auskühlen. Als der letzte Salutschuß fiel, war Foullard bereits tot.

Vergeblich wartete die Besatzung des Forts auf die Zeitung. Es war schon August und der Lesestoff längst ausgegangen.

Dem Major war das selbstverständlich; für ihn

hatte der Feind das ›Képi blanc‹ abgefangen, außerdem fehlte es ihm kaum, er war vollauf beschäftigt.

In aller Frühe, um acht Uhr, sobald die letzte Nachtwache abgelöst war, inspizierte er die Wälle, begutachtete den Schaden, den der Feind während der Nacht angerichtet hatte, prüfte nach, ob die Kanone geladen sei, und schoß einen Probeschuß aus jedem der beiden Maschinengewehre. Dann ging er in sein Zimmer, und die Wachhabenden der vergangenen Nacht mußten antreten und rapportieren.

Major Payard war bei den Rapporten immer sehr freundlich und jovial, nahm sie aber dennoch sehr genau, sie beanspruchten den halben Vormittag.

Nachdem er so in die Lage des Forts Einsicht genommen, ging er daran, den Bericht der letzten Nacht zu schreiben. Er schrieb alles, was nur irgendwie außergewöhnlich schien, manchmal sogar seine Träume. Dem Leutnant gegenüber pflegte er deswegen zu scherzen und sagte: »Den Seinen gibt's der Herr im Schlaf.« Aber es war ihm ernst. Schon einmal, als seine kleine Tochter Renée den Unfall hatte — sie fiel über einen Kübel Wasser und die Treppe hinunter, schon vor langer Zeit in Paris, als der Major noch bei seiner Familie lebte —, war ihm das im Traum erschienen, genau drei Tage vorher. Und so schrieb er seine Träume auch immer in den Rapport für den übernächsten Tag. Die Seiten dazwischen ließ er frei.

So wurde der Major mit Arbeit versorgt, aber die Mannschaft langweilte sich, besonders seit es verboten war, das Fort zu verlassen. Das Verbot hatte der Major am Tage nach dem Handstreich an der Säule erlassen.

Die Leute stellten aus Langeweile natürlich allerhand Unsinn an, sie spielten ›Räuber und Gendarm‹ oder Jazzband, wobei sie einen Heidenlärm vollführten. Das beliebteste Spiel aber war das Wettspucken. Die Beteiligten legten sich in einer Reihe mit dem Rücken auf die Erde und versuchten so hoch wie möglich zu spucken und zugleich, indirekt, den Nebenmann zu treffen. Verfehlte man das Ziel oder traf man sich selbst, wurde das als Strafpunkt angerechnet. Lovitt war ungeschlagener Meister. Allein in der zweiten Augustwoche hatte er zwölf Spiele gewonnen, drei davon mit über fünfzig Punkten Vorsprung.

Aber der Unteroffizier mißbilligte — als ernster Ire — diese Beschäftigung, und er versuchte ständig, den Betätigungsdrang der Mannschaft in andere, vernünftigere und mehr Erfolg versprechende Bahnen zu lenken.

›Es wäre ein Werk der Barmherzigkeit‹, dachte er,

›und zugleich keineswegs unser Schaden, wenn wir versuchten, den Major — zu seinen Gunsten natürlich — ein wenig an der Nase herumzuführen ...‹ Er ging deshalb einmal zum Leutnant Rogier und fragte ihn um Rat.

»Wissen Sie, Herr Leutnant«, sagte er, »ich meine, wir sind uns doch einig, daß unser Herr Major, den wir ja sonst sehr hochschätzen und den die ganze Mannschaft verehrt, sozusagen wie einen Vater, daß mit unserem Herrn Major etwas nicht stimmt. Es ist kein Feind vor dem Fort, und es war auch nie einer da. Wo sollte er auch herkommen!«

»Schon, Unteroffizier, aber was wollen Sie machen?«

»Ich dachte mir, vielleicht wäre es angebracht — ohne natürlich im entferntesten daran zu denken, unserem Herrn Major in den Rücken zu fallen! Nur um der Festung und des Vaterlandes willen —, das Hauptquartier zu verständigen.«

»Sie wollen ohne Wissen Major Payards einen Mann nach Imidi schicken?«

»Ja — es sollte — natürlich ohne das Wissen des Herrn Major, den wir alle, wie schon gesagt, verehren, sozusagen wie einen Vater —«

»Und wie wollen Sie das Fehlen des Mannes dem Major erklären?«

»Daran habe ich auch schon gedacht, Herr Leutnant. Ich habe mir überlegt, ob wir nicht so etwas wie Flucht, so ähnlich wie La Borronière —«

»Und was erhoffen Sie von diesem — sagen wir: Ausfall?«

»Ich denke, daß die im Hauptquartier sicher eine Inspektion schicken werden.«

»Eine Inspektion war erst vor zwei Jahren hier. Erst in vielen Jahren ist wieder damit zu rechnen.«

»Oder wie wäre es, Herr Leutnant, wenn wir dem Herrn Major — in allen Ehren — den Vorschlag und die Bitte der Besatzung vortrügen, daß wir um Entsatz beim Hauptquartier nachsuchten? Wir sind doch immerhin nur noch fünf Mann?«

»Im Hauptquartier wird man uns für verrückt halten. Wir werden allesamt an die Wand gestellt, wenn wir das Hauptquartier zum Narren halten und einen Feind erfinden.«

»Aber wir haben doch nur den Befehlen des Majors gehorcht.«

»Eben deswegen werden wir an die Wand gestellt —«

»Wenn wir aber, Herr Leutnant, den Befehlen des Herrn Majors nicht gehorchen — dann werden wir auch an die Wand gestellt? Werden wir auf alle Fälle an die Wand gestellt?«

»Wir *sind* an die Wand gestellt. Ihren Vorschlag will ich jedoch gerne dem Herrn Major unterbreiten, allerdings: es wäre viel besser, wenn eine Abordnung der Mannschaft hinginge.«

»O ja, wissen Sie, Herr Leutnant: die Mannschaft treibt so viel Unsinn, und wenn sie sich ein wenig mit dem Wohl des Herrn Major befaßt — das hätte wenigstens einen Sinn, mehr Sinn als Wettspucken.«

»Ich dachte an Sie und Polland als Abordnung.«

Siegfried Polland war klein und blond, mit einem lustigen Schnurrbart. Er war jüdischer Abstammung, bieder, pflichtbewußt und machte gerne kleine, bescheidene Witze. Als er von der Abordnung und seiner Sendung hörte, zog er seine Paradeuniform an und heftete sich die Orden an die Brust, die er sich noch als deutscher Gefreiter im Balkan unter Mackensen erworben hatte. Major Payard mochte Polland gut leiden, er hielt ihn für sehr verläßlich.

Die Abordnung aber empfing der Major würdig und ungnädig. Er stand, das rechte Bein abgewinkelt, mit der Fußspitze auf dem Boden vor dem linken Fuß, die eine Hand auf den Kartentisch, die andere in die Hüfte gestemmt. Das Haar war mit Pomade angeklebt, so daß, wenn man ihn gegen das Licht betrachtete, es unklar blieb, ob er überhaupt welches besaß. Er lutschte an der Monokelschnur.

Die Abordnung wurde angesichts dieser Autorität sehr loyal und beantwortete sämtliche Fragen mit Ja. Und indem die beiden über Entschuldigungen gegenüber ihren Kameraden wegen ihres Versagens nachdachten, verließen sie rückwärts gehend durch die enge Tür das Zimmer.

Fünf Minuten später ließ der Major Polland zu sich rufen. Was zwischen ihnen gesprochen wurde, ist kaum der Rede wert. Es waren nur einige Worte, belanglos, sogar unzusammenhängend. Aber sie mußten einen tiefen Eindruck bei Polland hinterlassen haben, was aus den Ereignissen der nachfolgenden Nacht zu ersehen ist. Es war die Nacht nach Foullards Tod.

Polland hatte die vorletzte, dritte Nachtwache, zugleich mit Grondflet. Kaum daß die beiden von der Küche aus durch die Öffnung zwischen den Sandsäcken auf den Wall gekommen waren, begann Polland eigenartige Reden zu führen. Grondflet glaubte zunächst, Polland sage den Text einer älteren Zeitung her, aber es handelte von ganz anderem, das nie in einer Zeitung gedruckt worden war.

»Ich gehe auf einer langen, langen Brücke, auf der

ein leiser, nieselnder Regen die Straßenbahnschienen aufleuchten läßt wie der Tau ein Spinnennetz.«

›Es ist nicht sehr unterhaltsam‹, dachte Grondflet, der auf einer Stufe saß, das Gewehr zwischen den Knien. Er lachte ein wenig zu Polland auf, der, klein und dick, hinaus in die Wüste starrte, mit Augen wie ein Seher.

»Die Pflastersteine in ihrem zwingenden Regelmaß treiben mich fort, immer fort. Ich spüre die Füße nicht mehr, sie gehen von selbst, ganz weich, fast angenehm. Die Kandelaber sind mattgelb, wie große Wattebäusche, die in Milch getränkt worden sind. Ich gehe immer weiter, bis in die Mitte der unendlichen Brücke.«

Grondflet fand es merkwürdig, davon zu sprechen, daß eine unendliche Brücke eine Mitte hätte.

»Dort ragt rechts ein Denkmal auf, das heißt: es ist die Stelle, an der einmal ein Denkmal stand, der Sockel ist noch hier, auch die kapellenartige Hülle aus hellem Granit, die einmal die Figur schützte. Jetzt, da die Hülle kein Denkmal mehr zu schützen hat, wird sie selbst Denkmal. Einige Stufen und ein breiter Vorplatz liegen zwischen mir und dem Denkmal, das einige Pappeln umgeben, die ihre Länge in den nächtlichen Himmel verlieren.

Ich weiß nicht, warum ich umkehre, da ich schon

am Denkmal vorbei bin, warum ich umkehre, nachdem ich die Mitte schon überschritten habe, und die drei Stufen hinaufsteige, mich scheu am Denkmal vorbeidrücke, das mich ansieht, als wäre es blind, meine Anwesenheit zwar ahnte, aber aus Adel nicht Notiz davon nähme.

Hinter dem Denkmal ist es dunkler. Die Stämme der Pappeln sind dünn, sie scheinen so seltsam intim mit mir, ihr Holz ist feucht. Und hier steht der junge Mann, den ich erwartet habe, in seinem grünen Mantel. Er steht und weicht gleichzeitig zurück. Ich gehe ihm nach, ich sehe den Fluß vor mir, wie er dunkelblau und weiß über die grünen Steine einer natürlichen Kaskade fast lautlos gleitet. Ich gehe ihm nach, er weicht jetzt zurück, nicht der Entfernung nach, nicht nach weltlichen, sondern nach Gesetzen anderer Dimensionen. Er zerrinnt, den Kopf immer nach rechts gerichtet. Ich gehe ihm nach, Schritt für Schritt, Schritt für Schritt. Es umfängt mich ein flaumweiches Gefühl, scheint nicht irgendwo am violetten Himmel eine kalte Sonne?«

Grondflet war eingeschlafen: beschämend für einen Soldaten, auf der Wache einzuschlafen. So hat er nicht gesehen, wie Polland Schritt für Schritt vorwärts ging und schließlich erhobenen Gesichtes über die Brüstung in den Graben zwischen den beiden

Wällen fiel. Erst als Lovitt und Gasparo zur Ablösung anrückten, weckten sie Grondflet, der dann darüber nachzudenken begann, wo Polland geblieben sein mochte. Sie fanden ihn gegen Morgen und begruben ihn gleich. Dem Leutnant wollten sie die Wahrheit sagen, dem Major gegenüber jedoch behaupten, daß Polland von einer feindlichen Kugel getroffen worden wäre. Sie wollten damit dem Major eine kleine Freude bereiten.

Leutnant Rogier konnte in der Nacht darauf nicht schlafen. Er lag auf dem Bett, die Arme verschränkt, den Kopf daraufgelegt, und schaute am Bettrand vorbei auf den Fußboden. Er überdachte noch einmal, was ihm Grondflet über das geheimnisvolle Ende Pollands erzählt hatte: daß er noch ganz normal gewesen wäre, als sie die Wache — die dritte Nachtwache — bezogen hätten, dann aber wirres Zeug, eigentlich nicht wirres, eher unsinniges Zeug zu reden begonnen hätte; Grondflet wäre dann eingeschlafen — wie kann ein Soldat auf Wache einschlafen? —, und als er aufgeweckt worden sei, sei Polland verschwunden gewesen. Sie — Grondflet und die Ablösung — hätten überall gesucht, ihn tot, mit gebrochenen Gliedern gefunden. ›Sonst hat Grondflet nichts gesagt‹, dachte der Leutnant, richtete sich aber plötzlich auf und machte ein nachdenkliches Gesicht; er sprang aus dem Bett und lief hinauf zum Major. Er war mit Kleidern und Schuhen auf dem Bett gelegen und brauchte sie also nicht anzuziehen. Seine Schuhe krachten auf der hölzernen Treppe, so daß im Mannschaftszimmer Gasparo, der Koch, aufwachte und nichts Gutes ahnte.

Er wurde am nächsten Morgen als erster verhört.

»Äh — Gasparo — wie standen Sie mit Polland?«

»Gut, Herr Leutnant, recht gut, wie man halt so mit seinen Kameraden steht, wenn man Jahr und Tag keinen anderen Menschen sieht.«

»War ihm irgendwer in inniger Freundschaft verbunden gewesen?«

»Nein. Alle hatten Polland gern — ich hatte ihn auch gern; aber besondere Interessen hatten wir nicht gemeinsam.«

»Ist Ihnen an ihm vielleicht etwas aufgefallen in der letzten Zeit?«

»Nein, durchaus nicht —«

»Und was denken Sie über den mysteriösen Tod Pollands?«

»Ich kann mir nichts denken. Aber vielleicht war etwas in der Luft gelegen ... Foullard«, das sagte er ganz leise, »ist doch auch in der Nacht vorher gestorben ...«

»Glauben Sie, daß zwischen diesen beiden Ereignissen ein Zusammenhang besteht?«

»Ich weiß es nicht.«

»Danke. Wir sprechen uns später noch. Vielleicht fällt Ihnen ein, daß Ihnen doch einmal etwas aufgefallen ist.«

Gasparo machte ein erstauntes Gesicht und wurde durch eine kühl-selbstbewußte Geste des Leutnants entlassen. Ungefähr in derselben Weise verlief das Gespräch mit Lovitt. Der Unteroffizier, der nach Lovitt verhört wurde, vermutete einen Unfall als Ursache für den Tod Pollands. Nachdem dieses Verhör abgeschlossen war, machte der Leutnant eine Mittagspause. Am frühen Nachmittag ließ er Grondflet zu sich bitten.

»Grondflet —«

»Jawohl, Herr Leutnant?«

Grondflet stand in vorschriftsmäßiger Haltung stramm. Der Leutnant ging gesenkten Kopfes in der Stube auf und ab; er hatte seine Feldbluse ausgezogen und über die Stuhllehne gehängt, so daß sie wie in tödlich schlaffen Falten am Holz hing. Das weiße Leutnantskäppi lag auf dem Tisch, die Öffnung nach oben.

»Grondflet«, sagte der Leutnant, »kannten Sie Polland irgendwie näher? Kannten Sie ihn von früher?« — »Ich kannte Polland, seit wir zusammen auf dieses Fort versetzt worden sind.«

»Hatten Sie irgendwelche persönlichen Beziehungen zu ihm?« Der Leutnant war ausgesucht höflich und aufgeräumt.

»Nein, ich kannte ihn nicht besser, als die anderen Kameraden ihn kannten. Er war allerdings ein komischer Kauz.«

Der Leutnant wurde um ein Grad richterlicher.

»Warum, wieso ein komischer Kauz?«

»Naja, er war Jude —«

»So, er war Jude, woher wissen Sie das?«

»Er war ein deutscher Jude, er hat es mir einmal erzählt. Er muß viel mitgemacht haben. Seine Familie wurde, glaube ich, verfolgt und sein Bruder erschossen.«

»Und daraus schließen Sie, daß er ein komischer Kauz war?«

»Nein, aber er war doch immer irgendwie verschlossen, er tanzte beim Geburtstag des Majors fast nie mit Josephine, und wenn er es tat, dann schien es, als glaubte er, uns einen Gefallen damit zu erweisen. Und dann hat er sich doch einmal beim Maskenfest als zwei Zwerge verkleidet.«

»Hm, hm, ich erinnere mich. Er tanzte fast nie mit Josephine. — War das schon immer, oder?«

»Es war eigentlich schon immer so, seit wir ihn kannten.«

In diesem Augenblick trat der Major ein, die betreßte Mütze hielt er in der linken Hand am Schenkel.

»Guten Tag, Herr Major. Ich unterhalte mich gerade mit Grondflet.« Vor ›unterhalte‹ stockte der Leutnant ein wenig.

»Schon gut, schon gut«, sagte der Major mit tiefer Stimme und lehnte sich neben dem Leutnant gegen die Tischkante, indem er mißbilligend die Tatsache, daß Rogier keine Jacke trug und das Verhör in Hemdsärmeln leitete, zur Kenntnis nahm. »Machen Sie ruhig weiter«, fügte er dann hinzu.

»Sie sagten, mein lieber Grondflet, daß Polland immer schon so gewesen sei. Gut. Und meinen Erfahrungen nach war er immer schon ein ruhiger Mensch. Hatten Sie je Streit mit ihm?«

»Nein, Herr Leutnant, das heißt —«

»Aha.«

»Nein, Herr Leutnant, Herr Major —«

Der Leutnant und der Major wechselten Blicke, die viel sagen sollten; dann begann der Major laut und undeutlich zu brüllen, woran ihn der Leutnant hindern wollte. Die beiden gerieten darüber in Streit, und Leutnant Rogier schickte endlich den

Soldaten Grondflet mit einer unwilligen Handbewegung hinaus. —

In den darauffolgenden Tagen durchsuchte der Leutnant das ganze Fort. Am vierten Tag fand er am Wall neben dem einen Wachturm ein abgebranntes Zündholz, was dazu führte, daß der Leutnant nach langer Überlegung das Verhören wieder aufnahm. Es fand in der Nacht statt, und Leutnant Rogier ließ die gesamte Mannschaft wecken. Er selbst trug den kleinen Küchentisch auf die Terrasse, stellte sich einen Stuhl dazu und schichtete einige Akten, die er über den Fall angelegt, links und rechts auf die Tischplatte. Die Sterne der Wüste standen am Himmel wie große orange und braune Monde von mannigfacher Größe; durch die vielen Sternschnuppen waren sie scheinbar in andauernder Bewegung. Es war sehr kühl.

Der Leutnant verhörte nacheinander den Unteroffizier, Lovitt und den Koch und nahm sitzend die Aussagen zu Protokoll, die sich aber seit dem ersten Mal um nichts bereichert hatten. Als Grondflet, nachdem der Koch abgetreten war, auf die Terrasse hinauskam, stand Rogier auf. Er war kaum zu sehen, da er im Schatten des einen Sandsackwalles stand, während der Soldat im hellen Mondlicht voll sichtbar war.

»Grondflet«, sagte der Offizier, als ob er an etwas ganz anderes dächte.

»Jawohl?«

»Sie hatten nie Streit mit unserem armen Polland?«

›Der Leutnant sagt ›unser armer Polland‹, dachte Grondflet, ›dabei hat er ihn nie leiden können, weil er als Günstling des Majors galt.‹

»Ich habe den Grund unseres kleinen Streites, der außerdem vor vielen Jahren —«

»Sie hatten also einen Streit —«

»Ich habe es Ihnen bereits vor einigen Tagen gesagt, Herr Leutnant...«

»Und was war der Grund?«

»Der Grund war so unbedeutend, daß er zugleich der Anlaß war. Es drehte sich um eine Dose Pfeifentabak, soviel ich mich erinnere. Aber ich versichere Ihnen, Herr Leutnant, der Streit dauerte nicht einen Tag. Ich hätte es Ihnen gar nicht sagen sollen; nicht etwa, weil ich etwas hätte verschweigen wollen, aber weil ich die Tatsache dieses Streites für völlig unbedeutend halte.«

»So, Sie wollten mir diese Tatsache verheimlichen«, murmelte der Leutnant und preßte die Zähne in einer Wut zusammen, die eher vorgetäuscht als beherrscht war. Er raffte die Akten zusammen und ging drohend auf Grondflet zu, der respektvoll vor dem Leutnant zurückwich. Der Leutnant drängte ihn bis zur Brüstung. Dort kniete der Soldat nieder und erhob flehend, aber stumm die Augen zum Leutnant oder zum Himmel. Leutnant Rogier aber nahm ihn beim Genick, wie eine Katze, und warf ihn in den Wallgraben.

Dann beugte er sich über die Brüstung und schaute hinunter, hob das Bündel Akten — wie beschwörend — hoch über seinen Kopf und ließ es fallen. Die weißen Bogen Papiers flatterten ruckartig — im Zickzack — hinunter, fast widerwillig, als ob sie einer vorgeschriebenen Bahn folgten; wie an eine unsichtbare Pendelschnur gehängt, hielten sie jedesmal am Ende einer Pendelbewegung einen kleinen Augenblick still. Sie glichen Totenhänden. Einige fielen auf die Terrasse zurück.

Die Sache hatte noch ein kleines Nachspiel, wie man so sagt. Lovitt meldete am nächsten Tag, er habe gehört, wie Grondflet im Vorbeifallen am Fenster des Mannschaftszimmers noch etwas gesagt habe. »Was hat er gesagt?« fragte der Major, dem Lovitt dies meldete.

»Commodus«, sagte Lovitt.

Die vom Leutnant angelegten Akten wurden daraufhin wieder eingesammelt und um die neue Feststellung ergänzt. Zunächst erschien das letzte Wort Grondflets — »Das vermutlich letzte Wort bei Gegenüberstellung der Fallgeschwindigkeit und der Wallhöhe«, sagte der Major — rätselhaft. Später fiel dem Major ein, daß es wohl die Anrufung des Nationalheiligen von Grondflet, des Schutzpatrons der französischen Kanadier, gewesen sein dürfte.

Der Balte Lovitt wurde, vielleicht wegen dieses Beweises seiner Aufmerksamkeit, auf die seit Foullards Tod freigewordene Gefreitenstelle befördert.

Nachdem an einem bestimmten Tag im September Major Payard wie an jedem anderen Tag den Rapport abgenommen hatte — es ging jetzt viel schneller, da nur noch zwei Mann und der Unteroffizier auf dem Fort waren — und nachdem er eben begonnen hatte, den Tages- und Nachtbericht in sein Journal zu schreiben, klopfte der Unteroffizier an die Tür.

»Ja —«, sagte der Major.

»Gestatten Sie — zu Befehl.«

»Na —«, der Major drehte sich um und legte die Feder weg, »haben Sie etwas zu melden vergessen?«

»Nein, Herr Major —«

»Nicht? Nun?« — Man weiß, daß Major Payard

nach den Rapporten stets sehr gut gelaunt war: »Nun, was führt Sie dann zu mir?«

»Das heißt, Herr Major: ich habe schon etwas vergessen . . .«

»— doch etwas vergessen, dann erzählen Sie.«

»Nein, Herr Major, eigentlich nicht richtig vergessen, ich wollte es Ihnen vielmehr nicht erzählen.«

»Setzen Sie sich —«, sagte der Major; denn seit einiger Zeit — Major Payard hatte die ›Totale Kameradschaft‹ anläßlich eines Jahresgeneralappells erklärt — ließ er die Soldaten beim Rapport stets Platz nehmen. »Setzen Sie sich und erzählen Sie es mir.«

Der Unteroffizier setzte sich.

»Es ist wegen dem Herrn Leutnant.«

»Wegen Leutnant Rogier?«

»Ja — wissen Sie — ich . . . erinnern Sie sich, Herr Major, wie Polland und ich zu Ihnen kamen als Abordnung —«

»Ja — ja«, sagte der Major kurz. »Sie hatten da so Mücken im Kopf, daß man um Entsatz ansuchen sollte . . . nun, ich glaube, die Lage richtig einzusehen vermag nur ich.«

»Die Idee von dem Entsatz, Herr Major, war von mir.«

»Von Ihnen?«

»Ja, es war natürlich eine dumme Idee, aber ich hatte anfangs noch viel dümmere Ideen — nur Leutnant Rogier brachte mich von der dümmeren Idee zurück auf die dumme.«

»Halt —«, sagte der Major, »halt, wann war das? Wissen Sie es?«

Der Unteroffizier nannte das Datum. Major Payard schlug die Tagebuchseite auf und las den Bericht des betreffenden Tages. »Na ja — und was weiter? Worin bestand Ihre ganz dumme Idee?«

»Ich wollte ohne Ihr Wissen zwei Leute nach Imidi schicken ...«

»Ohne mein Wissen? Und glauben Sie, das Fehlen der Leute wäre mir nicht aufgefallen?«

»Ich hätte Ihnen gesagt, sie wären geflohen.«

Der Major wollte gerade eine Ergänzung des Tagebuches für jenen Tag eintragen, hielt aber jetzt inne.

»So. Und Leutnant Rogier hat Sie von dieser wirklich sehr dummen Idee abgebracht?«

»Ja. Aber heute, Herr Major, war alles umgekehrt.«

»Wieso?«

»Es ist das, was ich Ihnen nicht melden wollte, aber jetzt melde ich es Ihnen doch: Leutnant Rogier ist zu mir gekommen und hat gefragt, ob ich mich daran erinnere, mit Polland und dem Entsatz und so — was ich Ihnen gerade erzählt habe —, und ich sagte: Ja, ich erinnere mich, und er sagte: Sie haben doch recht gehabt, und ich — also er, Leutnant Rogier — will heute davonlaufen und nach Imidi, bevor wir hier alle krepieren.«

»Wo ist Leutnant Rogier?«

»Er ist schon weg.«

Major Payard sprang auf und lief zum Fenster.

»Er wollte die Zeit benutzen, in der Sie den Rapport schreiben, weil, wenn Sie damit fertig sind, ist er schon weit weg.«

Major Payard stellte sein Fernrohr ein und suchte damit die Wüste ab. »Wenn der Sand nicht so blenden würde, hätten wir ihn gleich.«

»Herr Major, darf ich Sie aufmerksam machen: Leutnant Rogier läuft dort vorne, er ist noch ganz nahe, und Sie sehen ihn mit freiem Auge besser als mit dem Fernrohr.«

Tatsächlich lief der Leutnant, bepackt mit zwei Feldbeuteln und einem Gewehr, eilig in kurzer Entfernung vom Fort. Trotzdem richtete der Major sein Fernrohr auf ihn.

»Was hat er in den Feldbeuteln?«

»Wasser und Lebensmittel.«

»Ach so. Sagen Sie, Herr Unteroffizier, wie weit schießt die Kanone?«

»Bis zum kleinen Wadi trifft sie ganz sicher.«

»Kommen Sie mit mir.«

Der Unteroffizier wollte eilig den Raum verlassen, aber der Major hielt ihn zurück.

»Sie brauchen sich nicht zu beeilen, er entkommt uns nicht.«

Langsam ging der Major dann mit dem Unteroffizier hinunter, blieb sogar ab und zu stehen, zündete sich eine Zigarette an, schaute kurz in die Küche, und als sie auf den Balkon kamen, um zum inneren Wall hinunterzusteigen, blinzelte der Major, stehenbleibend, in den Himmel und sagte: »Ja, ja ... der September.«

Dann gingen sie den Wall entlang bis zur Barbette. Major Payard nahm seine Zigarette in einen Mundwinkel, klemmte das Monokel in sein Auge und riß mit großem Schwung und unter Aufwendung aller Kräfte, jedoch ohne sich vom Unteroffizier helfen zu lassen, die kleine, altmodische Kanone in die grobe Schußrichtung.

»Haben Sie einen Spiegel?« — »Ja, Herr Major.«

»Nehmen Sie den Spiegel und reflektieren Sie damit einen Sonnenstrahl, den Sie dann Rogier an den Hals werfen.«

»Bitte?«

»Tun Sie es.«

Der Unteroffizier nahm seinen Taschenspiegel und versuchte die Lichtbrechung so auszunützen, daß ein Strahl Rogier traf.

Leutnant Rogier war schon ein gutes Stück vom Fort entfernt, aber noch längst nicht am kleinen Wadi. Der Major stellte jetzt die Kanone scharf auf den Leutnant ein. Er beobachtete ihn durch das Teleskop der Kanone. Eben gelang es dem Unteroffizier, Leutnant Rogier mit einem Strahl am Hals zu treffen. Der Leutnant fuhr sich mit der Hand über die getroffene Stelle seines Halses.

»Rufen Sie«, sagte der Major, ohne die Zigarette aus dem Mund zu nehmen, »rufen Sie ihn ganz laut an.«

»Herr Leutnant, Herr Leutnant«, schrie der Unteroffizier.

Der Leutnant drehte sich erschreckt um.

»Rufen Sie: ›Im Namen des Majors: Sie sind nicht mehr Leutnant, Sie sind nur noch Obergefreiter.‹ Lieber wäre es mir, ich könnte ihn zum Gefreiten degradieren, aber Gefreiter ist ja Lovitt.«

Der Unteroffizier schrie es durch seine hohlen Hände. Der Leutnant Rogier — oder: der Obergefreite Rogier — begann zu laufen und im Laufen hin und her zu springen. Major Payard dirigierte vorsichtig und sicher die Kanone nach den Sprüngen

Rogiers, so daß er ihn nie aus dem Teleskop verlor. Der Leutnant erreichte jetzt das Ufer des Wadi und kletterte hinunter. Er war nicht mehr zu sehen. Nach kurzer Zeit aber kletterte er das andere Ufer wieder hinauf; Major Payard nahm jetzt seine Zigarette aus dem Mund.

»Nehmen Sie meinen Feldstecher.«

Der Unteroffizier nahm den Feldstecher, den der Major, wie es Vorschrift war, ständig umhängen hatte und den er jetzt dem Unteroffizier gab.

»Beobachten Sie den Obergefreiten Rogier.«

Rogier stand jetzt am Fuß einer kleinen Düne, die sich am anderen Ufer des Wadi erhob. Er kletterte auf die Düne, erreichte den Kamm, und bevor er sich anschickte, hinter ihm zu verschwinden, drehte er sich einen Moment um.

In diesem Moment nahm Major Payard sein Auge vom Teleskop und zog an der Auslösekette. Laut und wie gebellt und mit einem ungewöhnlichen Rückstoß löste sich der Schuß. Auf der Düne, an der Stelle, wo Rogier sich zuletzt umgedreht hatte, warf es den Sand hoch in die Luft durch die Gewalt der Kartätsche.

Der Major steckte seine Zigarette wieder in den Mund. »Haben Sie ihn gesehen?«

»Ja«, sagte der Unteroffizier und gab den Feldstecher zurück, »der hat nicht mehr ›Commodus‹ gesagt.«

»Was ich befehlen wollte: — Sie sind ab jetzt Leutnant; die Vereidigung findet nach dem Mittagessen statt, Herr Leutnant Boom.«

Major Payard erinnerte sich in der Folge der Jahre wieder seines Violinspiels. Musikalische Eindrücke hatten bereits seine Jugend geprägt, als er, Enkel eines Festungskommandanten, zusammen mit seiner Mutter und dem Großvater gefangengenommen wurde. Der Großvater war nicht nur ein — wie man aus dem eben Gesagten sieht, nur mehr oder minder erfolgreicher — Fortifikationsfachmann, sondern auch einer der ersten Phonographen-Pioniere. Mit Hilfe von zwei Phonographen (die Feinde hatten sie für elektrische Bidets gehalten, so daß der Großvater sie als harmlose Vergünstigung in der Gefangenschaft behalten durfte) produzierte er auf Wachswalzen eine partiturgetreue Fassung der damals eben erschienenen Tondichtung ›Gigantenschlacht‹ von Otto Jägermeier. Sämtliche der so berühmt raffinierten Jägermeierschen Instrumentationseffekte erreichte er mit einem primitiven kabylischen Monochord. Einmal spielte er langsam getragene Notenwerte. Aufgenommen und in genau berechnet erhöhter Geschwindigkeit wiedergegeben, ergab es die Wirkung einer rasch gespielten Flötenpassage. Ein schnell gespieltes Motiv, verlangsamt und verzerrt: das Baßtubensolo. Schicht für Schicht kopierte so der Großvater die Instrumenten-Stimmen der achtunggebietenden Jägermeierpartitur aufeinander. Noch Ravel hat die später gerettete Walze mit Interesse gehört.

Trotz solchen Vorbildes war Major Payard musikalisch anspruchsloser. Er gab sich für sein Violinspiel mit einer sehr eigenwilligen Adaption des ›Tannhäuser‹ für Violine und Trommel zufrieden. Da niemand die Trommel spielen konnte, band er sich, um auf die Begleitung nicht verzichten zu müssen, die Trommelstäbe an die großen Zehen und trommelte mit den Füßen.

Das kombinierte Violin-Trommel-Spiel war — er gestand es sich nicht ein — seine einzige Tätigkeit in dem langen Lauf der Jahre, denn, weit entfernt davon, die Belagerung für aufgehoben zu erklären, hatte er es längst aufgegeben (es war ihm langweilig geworden), die Rapporte mit Genauigkeit zu schreiben und die Kanone und die Maschinengewehre zu inspizieren. Er ließ die Kanone verrosten und zerfallen — ein Rad fiel ab, die durch Rost geschwächte Achse konnte es nicht mehr halten —, und er schrieb in den täglichen Rapport immer nur die Worte: ›Wie vorher‹. Er schrieb dies zuletzt nicht einmal mehr selber, sondern ließ es durch Leutnant Boom tun, oft für Monate im voraus, einmal für ein ganzes Jahr. —

Im Sommer spielte Major Payard bei offenem, im Winter, das heißt in der Regenzeit, bei geschlossenem Fenster. Die Saiten der Geige zersprangen aber mit der Zeit, einmal zwei an einem einzigen Nachmittag, und er spielte jetzt nur noch auf der tiefsten Saite, der dicksten, widerstandsfähigsten. Für den Fall aber, daß auch diese Saite springen sollte — außerdem hatte der Bogen fast keine Haare mehr —, hatte er sich eine Trompete zurechtgelegt.

So war der Major mit Tätigkeit versorgt. Gasparo, der Koch, wußte täglich seine wichtige Pflicht, und sein Tag war ausgefüllt. Nur Lovitt, den der Major an Stelle und als Nachfolger des jetzigen Leutnants Boom zum Unteroffizier befördert hatte, und Leutnant Boom waren unbeschäftigt.

In den ersten Jahren mußte Lovitt Wache stehen, Boom mußte den Rapport schreiben. Aber Lovitt schwänzte die Wache, während der Major Geige spielte, und den Rapport zu schreiben nahm Boom so wenig Zeit weg — in einer Stunde schrieb er die

Eintragungen für ein halbes Jahr —, daß es nicht als Beschäftigung betrachtet werden konnte. So schliefen sie denn die Tage — und selbstverständlich auch die Nächte — mit Ausnahme der Mahlzeiten, schliefen gemeinsam oder getrennt, schliefen auf der Seite oder auf dem Rücken, träumten oder schliefen traumlos, versuchten und meisterten alle inneren und äußeren Arten des Schlafens. Aber nach achtzehn Jahren, die sie so verbracht, waren sie dermaßen ausgeschlafen, daß sie keine Sekunde mehr weiterzuschlafen vermochten, und schon der Gedanke an Schlaf war ihnen ein Greuel. So suchten sie eine Beschäftigung.

Man erinnerte sich an den seinerzeitigen Verrat oder versuchten und vereitelten Verrat des Soldaten Eulogius La Borronière. Man erinnerte sich vielleicht auch an eine an sich unbedeutende Einzelheit in der Schilderung des Verrates, nämlich daran, daß die Frage offen geblieben war, woher La Borronière damals die Schlüssel für die Kellertüren bekommen, die er benötigt hatte, um zur kleinen Ausfallspforte zu gelangen.

Diese Frage nahmen Leutnant Boom und Unteroffizier Lovitt jetzt wieder auf. Sie verständigten Major Payard, daß sie Untersuchungen zu führen gedächten, aber der Major spielte gerade einen ganz besonders schönen Ton (ein Paganini-Oberkörper bei verklärtem Flageolett, während er mit den Füßen Nijinskigleich wirbelnde Synkopen trommelte), er nickte den beiden lediglich sein Einverständnis zu und sagte leise: »Sie haben meine umfassenden Vollmachten.«

Dem Koch Gasparo sagten sie nichts von ihrer neuen Beschäftigung, denn auf ihn — so war ihr Verdacht von vornherein — zielten ihre Untersuchungen letzten Endes ab, und Lovitt sprach es aus: »Von wem konnte La Borronière die Schlüssel haben? Es handelte sich um die Schlüssel a) für das Pulvermagazin, b) für das Lebensmittelmagazin und c) für den äußersten Keller, in dem das Brennholz für die Küche und der Hackstock aufbewahrt werden. Die Schlüssel für b und c hat seit jeher Gasparo, der Koch, denn es ist sein Amt, die Lebensmittel und alles, was dazu gehört, zu verwalten. Die Schlüssel für a, die ihn eigentlich nichts angehen, hat ihm der Herr Major bei Beginn der Belagerung ausgehändigt, damit er nicht jedesmal gestört werde, wenn Gasparo eine Kartoffel oder ein Paket Sternchennudeln oder Trockenspinat holen wollte. — Gasparo verfügte also über alle Schlüssel, La Borronière konnte die Schlüssel nur vom Koch haben.«

»Ja«, sagte Leutnant Boom, »ja, so wird es gewesen sein. Ich gehe sofort zu Gasparo und werde ihn fragen.«

»Halt«, hielt ihn Lovitt zurück, »er wird alles ableugnen, oder er wird sagen, daß er sich daran nicht erinnert. Wir müssen ihn überführen.«

»Ach ja«, sagte der Leutnant. »Wir werden in den Keller gehen und nach Spuren suchen.«

»Dann müssen wir es doch Gasparo sagen, weil wir die Schlüssel brauchen.«

»Nein, das heißt: ja, aber wir sagen ihm nicht, wozu wir die Schlüssel brauchen.«

»Aha«, sagte der Leutnant Boom, und sie gingen, um die Schlüssel zu holen.

Gasparo wollte eben in den Keller gehen, und er sagte, es träfe sich recht gut, denn allein könnten sie wahrscheinlich das Schloß gar nicht aufsperren, weil es schon arg verrostet wäre.

Lovitt deutete dem Leutnant hinter Gasparos Rücken, daß sie dem Koch folgen, aber schweigen würden.

Im Keller suchte Gasparo nach Trockeneiern für die Frittaten — es war also Juli —, Lovitt und der Leutnant wußten nicht recht, was sie tun sollten, solange Gasparo mit ihnen im Keller war. Leutnant Boom blieb im Pulvermagazin und richtete die

Plomben an den Pulversäcken in einer Reihe aus. Lovitt ging in den hintersten Keller und spielte mit dem Hackstock.

»Seid ihr fertig?« fragte Gasparo, »weil ich wieder hinaufgehe.«

»Nein«, sagte Lovitt, »geh nur allein hinauf, wir kommen nach.«

»Was wollt ihr denn im Keller tun?«

»Nichts, nichts«, sagte Lovitt, »nichts«, sagte auch der Leutnant.

»Ich kann mir nicht denken, was ihr im Keller zu tun hättet —«

Der Leutnant wollte schon anfangen und sagen: »Du weißt ganz gut . . . und du hast ja schon einmal einen in den Keller gehen lassen . . . und so weiter«, aber Lovitt befahl dem Koch in energischem Ton, hinaufzugehen und sich nicht um Angelegenheiten zu kümmern, die keineswegs in seinen Belang gehörten.

So ging der Koch zurück in die Küche. Er rieb das Trockenei an und rührte es in den Teig für die Frittaten, zerkleinerte Kümmel und angeröstete Sardinen, Cornichons und zweiundvierzig Kräuter, verrieb harten Käse und goß etwas Cognac in den Teig — so war sein Rezept. Aber er war in Gedanken nicht bei seinem Rezept, er vergaß zum Beispiel

Muskat, denn zum erstenmal nach vielen Jahren gab es für ihn eine Gelegenheit, zu denken.

›Was mögen die beiden wohl im Keller tun‹, dachte er sich und vergaß darüber auch die Schalotten. ›Was kann es im Keller zu tun geben, außer Lebensmittel oder Holz heraufzuholen, was aber meine Aufgabe ist und nicht die ihre?‹ dachte er weiter und vergaß darüber das Bilchkraut.

Er gab sieben Gramm Fett in die Bratpfanne, und während er es zerrinnen ließ, ohne es aber verdampfen zu lassen, dachte er nach, was außer ihm ein Mensch im Keller zu suchen hätte.

Er goß den angerührten Teig in die Pfanne und schwenkte sie mit kreisförmigen Bewegungen des Handgelenks, damit der Teig den ganzen Boden gleichmäßig bedecke.

›Ich werde einmal den Major fragen, sicher weiß er nichts davon, und das Ganze ist eine Insurrektion.‹

Er stellte die Pfanne auf kleines Feuer, damit bloß das Fett unter dem Teig brodle, und ging hinauf zum Major. Der Major spielte immer noch den besonders schönen Ton und war sehr ungehalten, daß man ihn bei diesem Ton das zweite Mal störte.

»Gehen Sie hinaus«, sagte der Major, ohne seinen Ton auszulassen. »Leutnant Boom und Unteroffizier

Lovitt haben meine umfassenden Vollmachten, kümmern Sie sich um Ihre eigenen Angelegenheiten, ums Kochen zum Beispiel.«

»Zu Befehl, Herr Major.«

»Und stören Sie mich nicht wieder. Ein Soldat wie Sie, der es nicht einmal bis zum Gefreiten gebracht hat, sollte nicht seine Nase in Dinge stecken, die ihn nichts angehen.«

»Zu Befehl, Herr Major.«

Gasparo ging wieder in die Küche hinunter. Keine zwei Minuten hatte die Unterhaltung gedauert, und er drehte jetzt das Omelett um. Auf einer Seite muß es dunkel, auf der andern aber hell — oder blond — gebacken sein. In ganz besonders tiefen Gedanken war jetzt Gasparo, und er hätte vielleicht noch mehr vergessen als Muskat und Schalotten, wäre er vorhin schon in so tiefen Gedanken gewesen. Er hätte zum Beispiel vergessen können, den Teig zu salzen.

So buk er aber das Omelett auf der zweiten Seite hell, nahm es aus der Pfanne, rollte es zusammen und schnitt es in Streifen, wenig schmäler als sein kleiner Finger. Vorher aber gab er noch die sieben Gramm Fett für das nächste Omelett in die Pfanne, und wie er mit dem Schneiden fertig war, hatte sich auch das Fett schon verlaufen, und er konnte den neuen Teig eingießen.

›Ich werde noch einmal ganz leise die Treppe hinuntergehen, in den Keller, und nachschauen‹, dachte er sich und stellte die Pfanne wieder aufs kleine Feuer.

Von der Kellertür aus, die ein kleines Fenster hatte, sah er, wie Boom und Lovitt am Boden herumkrochen. Sie hatten rote Köpfe und schnauften. Lovitt hatte das Weinfaß weggehoben, und es kam ihm eine Ratte entgegengesprungen.

›Das hätte ich ihm sagen können‹, dachte sich Gasparo, ›daß es im Keller Ratten gibt: Wüstenratten — Mus alexandrinus desertus Schomburgk. — Ich werde zur Vorsicht die Tür absperren‹, dachte er sich weiter, und er drehte den Schlüssel im rostigen Schloß und nahm ihn zu sich. Leutnant Boom hatte das Geräusch gehört und sprang zur Tür. Er preßte sein Gesicht an das kleine vergitterte Fenster und schrie. Aber Gasparo achtete nicht darauf, sondern ging hinauf in die Küche. Er fürchtete, daß sein Omelett zu dunkel geworden wäre.

Als er aber in die Küche zurückkam, lag da die hölzerne Schlange.

Es ist sehr schwierig, zu erzählen, was sich nach dem Erscheinen der hölzernen Schlange zugetragen hat.

Die Schlange sah aus wie geschnitzt, besonders ihr

Gesicht, das ab und zu menschlichen Ausdruck annahm. Gasparo achtete nicht auf sie, er dachte, er bildete sie sich nur ein, und wandte sich wieder dem Omelett zu, das auf der einen Seite merkwürdigerweise doch noch nicht zu dunkel geworden war. Die Schlange aber kroch auf den Tisch und ringelte sich unmittelbar unter dem Kalender zu einem Knoten zusammen.

»Wie lange bist du schon da, Koch?« fragte die Schlange.

›Sie ist aus Holz geschnitzt und doch beweglich wie Gummi‹, dachte Gasparo. »Sehr lange, ich weiß nicht mehr«, sagte er zu ihr.

»Denk doch nach.«

»Vielleicht — vielleicht zwei Monate?«

»Du bist dumm, wie kannst du erst zwei Monate hier sein, wenn du schon neunzehnmal einen Monat lang diese Frittaten gebacken hast?«

»Neunzehn Jahre, sagst du?«

»Oder drei Sekunden...«

»Ich verstehe dich und mich nicht. Wer bist du, wo kommst du her?«

»Ich bin die hölzerne Schlange und komme aus dem türkisblauen Land. Übrigens: merkst du nicht, daß dein Omelett nicht dunkler werden will, wie es sollte?«

»Ja, das Feuer ist scheint's nicht heiß genug.« Er wollte nachlegen.

»Dein Omelett wird nie mehr brauner werden. Die Zeit ist stehengeblieben, oder vielmehr: sie wurde von mir angehalten —«

Gasparo schaute auf die Uhr. Die Zeiger standen still, das Werk tickte jedoch. Er schaute die Schlange an. »Wenn du auf etwas wartest«, sagte die Schlange, »scheint dir die Zeit unendlich langsam zu vergehen. Das kommt davon, weil du beim Warten an sie denkst und dadurch die Zeit in ihrer Wirklichkeit siehst. Denkst du an etwas anderes, so überfliegst du die Zeit mit deinen Gedanken, so, wie du den Raum in Gedanken überfliegst. Wer viel denkt, dem vergeht die Zeit schnell. Manche Denker haben es darin so weit gebracht, daß sie schließlich der Durchschnittszeit ihrer Umgebung um Hunderte von Jahren voraus sind. Jeder Mensch hat für sich seine eigene Zeit. Der gewöhnliche Mensch ist einem anderen gewöhnlichen Menschen nur um ein paar Minuten voraus oder steht ihm soviel nach. Bei größeren Geistern ist der Unterschied entsprechend größer... Wie es eine Geographie des Raumes gibt, gibt es auch eine der Zeit. Wenn zwei Menschen sich begegnen, so können sie sich nur richtig verstehen, wenn sie um den gleichen ›Zeitpunkt‹, sozusagen, liegen. Der einzige wahre Zeitpunkt ist der, an dem du gezeugt wurdest. Von da ab wird deine Zeit anders als die der andern. Zunächst geringer — dann schneller und mehr. Babys sind sich ähnlicher als Greise. —

Und wenn zwei am gleichen Ort und an der gleichen Zeit sich befinden und sind ein Mann und eine Frau, werden sie sich lieben; deshalb ist das wirkliche Lieben göttlich, denn nur Gott ist an jedem Ort und in jeder Sekunde zugleich — das ist dann die Ewigkeit.«

Gasparo war sehr erstaunt und setzte sich. Die Schlange kam näher zu ihm.

»Das Omelett wird nicht schwarz?«

»Nein.«

»So — dann: du läßt die Zeit stillstehen?«

»Ja.«

»Warum?«

»Hast du noch nie auf etwas sehnsüchtig gewartet?« — »Doch —«

»War es dir dann nicht der einzige Trost, daß die Zeit bis dahin vergehen müsse, daß sie nicht anders könne als vergehen? Und jetzt, eben jetzt wird die Zeit nicht mehr vergehen. Die Zeit wird immer ›jetzt‹ bleiben, was du auch immer tun wirst, sie totzuschlagen —«

Es wurde hell, das heißt: heller als am hellsten Mittag.

»— ob du nun Kreuzworträtsel löst —«

Gasparo trat auf die Terrasse hinaus.

»— oder Karten spielst —«

»Mit mir allein?«

»Wenn du willst, verbessere ich mich: — ob du Patiencen legst —«

Der Himmel war hellrot, aber sanft, nicht wie von Feuer. Die Wüste wurde türkis, und um das Fort wuchsen blaue Kakteen aus dem Sand. Silbrige Seen spiegelten den Himmel in unglaublicher Klarheit. In der Ferne leuchteten viele weiße Türme, spitz, mit Zinnen und goldenen Dächern.

Gasparo stieg die Stufen hinunter, tat die paar Schritte bis zur Brüstung, kletterte hinauf und ging in das türkisblaue Land. Erst jetzt sah er, daß die Schlange ihm vorauskroch und ihn führte.

Major Fiacre Payard fand nach einigen Tagen, als er bemerkt hatte, daß ihm nichts mehr zu essen gebracht wurde, und als er aufgehört hatte, den besonders schönen Ton zu spielen, den Leutnant Boom und den Unteroffizier Lovitt. Die Ratten stoben von den Leichen, als der Major durch das kleine Fenster schaute. Es ekelte ihn, und er rief nach Gasparo. Aber auch Gasparo blieb verschwunden. So ging Major Payard wieder hinauf in sein Zimmer und nahm eine Änderung im Rapport vor. Er strich das noch von Boom geschriebene ›Wie vorher‹ aus und schrieb statt dessen: ›Leutnant Boom, Unteroffizier Lovitt und‹ — irrtümlich — ›der Soldat Gasparo von den Ratten gegessen.‹ Die höfliche Form ›gegessen‹ wählte er, weil der Rapport immerhin für das Hauptquartier bestimmt war.

Dann beschloß er aus taktischen Gründen, nicht mehr das ganze Fort zu verteidigen, sondern nur noch den Hauptturm, mit der Küche und seinem und des ehemaligen, jetzt gegessenen Leutnants Zimmer und mit der Fahne über dem Dach.

Die Fahne war schon sehr schadhaft und mehrfach geflickt. Um eine neue Fahne zu holen, hätte er in der nächsten Zeit Lovitt als Boten nach Imidi geschickt. Aber jetzt, da er alleine war, durfte er das Fort nach der Vorschrift nicht mehr verlassen.

Nach einiger Zeit gab Major Payard auch die Küche auf, montierte aber eines der Maschinengewehre an Stelle des Fernrohres in seiner Kammer. Die Kanone sprengte er in die Luft.

Eines Tages hatte er alle Patronen verschossen. Er sperrte sich in sein Zimmer ein, und bis der Abend kam, hatte er das Maschinengewehr unbrauchbar gemacht. Er gedachte sich mit dem Säbel — zwar nutzlos, aber tapfer — zu verteidigen. Er würde die Feinde zunächst die Treppe heraufschleichen hören, dann würde er sehen, wie die Türklinke sich bewegte und wie die Feinde die Tür zu öffnen versuchten. Dann würden die Feinde die Tür mit Gewalt aufbrechen, aber der erste Feind würde direkt in den Säbel des Majors fallen; dann würde der Major noch zwei oder drei Feinde erledigen, einige verwunden, aber endlich würde er von der Übermacht an die Wand gedrängt werden. Er würde die Augen schließen, seinen Säbel mit beiden Händen fassen und noch einmal um sich schlagen, aber bald würde er spüren, wie ein kalter Strahl zu seinem Herzen fuhr, und der würde ihn zu Boden zwingen.

›Bis dahin aber‹, überlegte sich der Major weiter, ›werde ich noch ein wenig auf meiner Violin-Trommel spielen, solange die Saite noch hält, der Bogen noch genug Haare hat und der Bindfaden die Schlegel noch an meinen Zehen hält...‹

Einundzwanzig Jahre danach — alles in allem hatte also vierzig Jahre gedauert — kam eine Inspektion auf das Fort und fand die Gebeine des Majors in seinem Zimmer. Die Tür zu dem Zimmer mußte aufgebrochen werden.

Der Bettler vor dem Café
Hippodrom

Man war im Polizeipräsidium bemüht, die rätselhaften Vorgänge zu vertuschen, nachdem sie mit den gängigen Mitteln moderner Kriminalistik nicht aufzuklären waren. Es hatte ziemlich alltäglich und wenig aufregend damit begonnen, daß in einer außerordentlich stürmischen Dezembernacht — es war, aber wer achtet schon darauf, später freilich erklärte es manches, die Nacht der Wintersonnenwende — die Oberschwester des Rotkreuzkrankenhauses wegen eines verdächtigen Mannes die Polizei anrief. Die Funkstreife rückte zwar unverzüglich, aber schrecklich fluchend aus, denn die Nacht war höllisch. Es hatte die Tage zuvor geschneit. Jetzt machte ein beißender Sturm den Schnee immer wieder um und um zu gelbem Eispulver, das waagrecht und schneidend wie Pfeile durch die Straßen fegte und das Licht der ächzenden Bogenlampen verdunkelte. Das Pflaster war mit dünnem, schmutzigem Eis bedeckt, über das die unteren Ausläufer des tobenden Elements kringelartige Schlieren von Schneepulver trieben. Kaum jemand war unterwegs in diesem Mahlstrom von tosender Kälte. Es war eine Nacht, in der man mit wohligem Schauer die gerüttelten Fenster noch besser schließt, die Vorhänge dicht zuzieht und flüstert: »Gott erbarme sich der unschuldigen Vögel da draußen und derer, die heute kein Dach über dem Kopf haben!« Die wackere Funkstreife aber, wie gesagt, rückte aus. Im Rotkreuzkrankenhaus wurden die Beamten von der Oberschwester zu einem alten Mann geführt, der — bewacht von zwei Pflegern — auf einer Bank in der Teeküche saß. Der alte Mann, der nicht Patient des Krankenhauses, dort auch noch nie gesehen worden war und auf alle Fragen schwieg, war dabei angetroffen worden, wie er in einem dunklen Gang im ersten Stock (wo keine Krankenzimmer lagen) das Schloß einer Tür aufbrechen wollte. Der auffallend bleiche alte Mann, der auch auf die Fragen der Polizisten immer nur den Kopf schüttelte, ließ sich ohne Widerstand festnehmen. Die Funkstreifenbeamten brachten den Delinquenten in ihren Wagen. Zunächst hielt sich der Mann ganz ruhig und saß zusammengekrümmt auf dem Rücksitz. Plötzlich aber, mitten im Fahren — der Fahrer des Wagens meisterte eben unter Aufbietung aller Fahrkünste das spiegelnde Glatteis einer völlig verwehten Brücke —, begann der Festgenommene zu schreien, bäumte sich auf und schlug um sich, allerdings — gaben die Beamten später zu Protokoll — hatte man nicht den Eindruck, er wolle sich gegen die Festnahme zur Wehr setzen; es schien eher ein Tobsuchtsanfall oder, wie einer der Polizisten sagte: als hätte ihn ein Unsichtbarer abstechen wollen. Der Fahrer hielt den Wagen an. Man wollte dem Festgenommenen Handschellen anlegen, da gab er zum erstenmal ein Wort von sich: »Weiterfahren, weiterfahren«, ächzte er; kaum brachte er die Wörter heraus. Als man die Brücke passiert hatte, war der Anfall vorbei.

Die Funkstreife lieferte den Mann im Polizeipräsidium bei der Kriminalbereitschaft ab. Dort war er wieder ganz ruhig. Vernommen konnte er nicht werden, denn er sagte immer noch nichts, auch schien er völlig erschöpft. Irgendein Ausweispapier wurde bei ihm nicht gefunden. Der diensthabende Kriminalbeamte entschied, daß die Festnahme aufrechterhalten bleibe, erstellte die Vorführnote vorerst ohne Personalien und bestimmte, daß der Mann am nächsten Tag dem Staatsanwalt vorzuführen sei. Dann wurde der Festgenommene in eine Zelle des Polizeiarrestes gelegt.

Der Sturm nahm im Laufe der Nacht noch zu, dann brach seine Kraft; wie ein Spuk verflog mit den letzten Stößen des Windes in den frühen Morgenstunden das Toben der Elemente. Ein kalter, aber strahlender Wintertag brach an. Gegen halb elf Uhr schloß ein Kriminalbeamter die Arrestzelle des Unbekannten auf. Die klare Wintersonne warf ihr Licht durch das eng vergitterte Fenster und füllte die ganze kleine Zelle. Der Festgenommene war nicht mehr da. Alles geriet in helle Aufregung — man stand vor einem Rätsel. Keine Spuren eines Ausbruches waren zu finden. Das Fenster, das Gitter, das Türschloß waren unversehrt. Nur in einer Zellenecke, in derjenigen, wohin die Sonnenstrahlen zuletzt gedrungen sein mußten, fand man einen übelriechenden, schwarz-fettigen Belag auf dem Boden. Das Landeskriminalamt stellte später bei der Analyse dieses Belages fest, daß es sich um Rückstände verbrannter, besser gesagt: verschmorter Textilien handelte. Einige versengte Knöpfe fand man in dem Belag, eine Gürtelschließe und 8,40 DM in Münzen sowie einen unversehrten Siegelring mit einem Wappen und den Initialen ›C. D.‹. Weiteres war nicht aufzuklären. Man versuchte, von dem rätselhaften Vorkommnis möglichst wenig Aufhebens zu machen. Dadurch, daß man einerseits im Rotkreuzkrankenhaus kein Interesse an der Klärung des bagatellen und ohne Schaden verlaufenen Einbruchsversuchs hatte, andererseits keine Vermißtenanzeige oder ähnliches bezüglich des Unbekannten auftauchte, konnte man die Sache unschwer stillschweigend ad acta legen. Ich erfuhr die Sache von einem Kollegen, der am fraglichen Tag diensthabender Staatsanwalt im Polizeipräsidium gewesen war.

Wenig später fiel mir auf, daß eine Erscheinung im gewohnten täglichen oder vielmehr nächtlichen Bild der Stadt fehlte. Ich hielt mich damals fast jeden Abend im Café Hippodrom auf. In einem Winkel der Passage, in der unter anderem dieses Café war, bezog jeden Abend, sobald es dunkel geworden war — also im Sommer später, im Winter früher — ein alter Mann Posten, von dem man nicht recht wußte, ob er ein Bettler war oder nicht. Er stellte kein tatsächliches oder scheinbares Gebrechen zur Schau, er sprach niemanden an, ja schaute nicht einmal jemanden an, denn er stand immer mit tief gesenktem Kopf da, an die Wand zwischen zwei Schaufenstern gelehnt. Er trug stets einen grauen, sauberen Anzug, der zwar ziemlich altmodisch, aber weder geflickt noch zerrissen war. In einer Hand hielt er seinen bräunlichen Hut, eher wie zufällig mit der Öffnung nach oben, auch nicht auf Bettlerart nach vorn gestreckt, sondern ein wenig seitwärts, als habe er ihn eben abgenommen. Warf ihm jemand — und jeder, der geneigt war, etwas zu geben, zögerte zunächst, ob er überhaupt einen Bettler vor sich habe; ich selber, der ich sonst mit der Begründung, daß man in der heutigen Zeit übertriebener Emsigkeit jede Arbeitsscheu unterstützen muß, selbst unverschämten Bettlern spende, wagte lange nicht, ihm etwas zu geben —, warf ihm also jemand eine Münze in den Hut, so nickte er nur mit dem Kopf, fast mechanisch wie ein Opferstock-Jesulein, und steckte das Geldstück (anstatt es als Anreiz oder Hinweis im Hut liegen zu lassen) schnell in die Tasche. Der Bettler war ein alter Mann, allerdings kein sehr alter Mann. Er war ziemlich groß, hatte einen großen, kahlen Schädel. Auffallend war seine außergewöhnlich bleiche, fast pergamenten-durchsichtige Gesichtsfarbe.

Der merkwürdige Bettler beschäftigte meine Phantasie. Wäre ich sicher gewesen, daß er geredet oder gar erzählt hätte und nicht — vorausgesetzt, er hätte überhaupt eine Einladung angenommen — nur stumm und peinlich dankbar dagesessen, ich hätte ihn gern einmal auf einen Abend mit ins Café Hippodrom genommen. Er beschäftigte aber nicht nur meine Phantasie. Der Wirt vom Hippodrom und einige andere Stammgäste versuchten detektivisch in die Lebensgewohnheiten des Bettlers einzudringen. Fest stand zunächst, daß er jede Nacht, und zwar bis spät in die Nacht hinein, an seinem Platz stand, selbst wenn längst kein Mensch mehr durch die Passage ging. Untertags aber war er nie zu sehen. Man versuchte ihm zu folgen, wenn er in den ersten Morgenstunden — aber stets bevor es hell wurde — seinen Standplatz verließ. Er verschwand aber jedesmal unerwartet und mit verblüffender Wendigkeit in einer kleinen Gasse, um eine plötzlich auftauchende Ecke, in einem Park oder in einem Hausdurchgang, einmal in einem Pissoir, wo seine Verfolger erst nach langem Suchen den versteckten zweiten Ausgang fanden.

Am Faschingsdienstag gab der Wirt des Hippodroms einen kleinen ›Kehraus‹ für seine Stammgäste. Das Fest war ziemlich ausgelassen. Es wurden mehr oder weniger geistreiche Toasts auf alle Anwesenden, auf alle erdenklichen Bekannten und, nachdem die Zahl der dafür in Frage kommenden Personen erschöpft war, auf Unbekannte ausgebracht. Da schlug ich vor, den Bettler draußen hochleben zu lassen. Man beschloß, dies in seiner Gegenwart zu tun. Einige eilten hinaus. Er stand, was niemand bezweifelt hätte, auch heute an seinem Platz. Er folgte willig der Einladung ins Lokal, ließ gern den Toast auf sich ausbringen, lehnte aber ab, irgend etwas zu trinken oder zu essen, denn, so sagte er in einem gebrochenen, stark ungarisch gefärbten Deutsch — das ich im folgenden der Deutlichkeit zuliebe weglasse —, er könne nicht mehr essen und trinken.

Im Trubel des Festes erlosch bald das Interesse der Gäste an dem alten Mann. Er saß ziemlich verloren in einer Ecke und wagte offensichtlich nicht, sich zu entfernen. Auch hielt er es für seine Pflicht, mit jedem, der in seine Nähe kam, Konversation zu machen.

»Er behauptet«, sagte mir ein Mädchen, mit dem ich tanzte, »er sei vierhundert Jahre alt. Als ich ihm das Kompliment machte, ich hätte ihn höchstens für dreihundertsechzig gehalten, küßte er mir die Hand: er hat dabei fast geweint.«

Nun setzte ich mich wie beiläufig neben den Alten hin. Tatsächlich, kaum saß ich, wandte er sich zu mir:

»Junger Mann, raten Sie, wievielmal älter ich bin als Sie.«

»Sie sind vierhundert Jahre alt«, sagte ich.

»Woher wollen Sie das wissen?«

»Ich hätte nicht geglaubt, Sie hier zu finden«, sagte ich. »Es war übrigens nicht schwer zu erfahren, wie alt Sie sind, Graf. Sie haben zum Beispiel jener Dame dort, mit der ich eben getanzt habe, Ihr Alter verraten.«

»Wie haben Sie mich eben angeredet?« Er sprach langsam und schwer und war durch meine Rede entsetzt und erschreckt, gleichzeitig aber wie gebannt.

»Wenn Sie der sind, den ich meine, sind Sie ein Graf«, sagte ich. »Außerdem tragen Sie einen Siegelring mit einer Grafenkrone.«

Da verbarg er seine Hand mit dem Ring.

»Ich bin nichts«, sagte er, »ich bin ein Bettler. Reden Sie mich ja nicht mehr so an.«

»Ich muß Sie warnen«, flüsterte ich ihm zu. »In wenigen Minuten ist es Mitternacht.«

»Ja, und? Ich fürchte die Mitternacht nicht.«

»Um Mitternacht am Faschingsdienstag serviert der Wirt im Hippodrom immer eine Gratissuppe für seine Gäste.«

»Ich esse keine Suppe«, sagte er. »Ich esse überhaupt nichts.«

»Es handelt sich um eine Knoblauchsuppe . . .«

Da weiteten sich seine Augen in fast panischer Angst; er wollte auf und davon. Ich hielt ihn zurück.

»Nein«, sagte ich. »Verzeihen Sie, ich wollte nur, daß Sie sich verraten; was Sie ja eben getan haben.

Es gibt keine Knoblauchsuppe, es gibt Weißwürste, die bestehen nur aus Wasser und Petersil. Sie sind«, sagte ich —

»Ja«, sagte er, »ich bin es.«

»Aber wie kommen Sie hierher in unsere Stadt, in unsere Zeit, können Sie denn überhaupt noch ... wie soll ich sagen ...«

»Sie haben recht, wenn Sie das Wort ›leben‹ vermeiden. Wer nicht sterben kann, kann auch nicht leben.«

»Es muß hier sehr schwer sein für Sie, und heutzutage«, sagte ich.

Da begann er zu erzählen. Wenn ein Osteuropäer zu erzählen beginnt, so ist das, als ob sich Steinmassen bewegten. Langsam, langsam beginnt es zu rollen, weit, weit greift es aus, kreist und greift um sich, immer weiter rollt es und bewegt sich, dreht sich in sich, bis es alles, alles erfaßt und das Weltrund, ja den Himmel in die alles umspannende, alles überschäumende Erzählung, unaufhaltsam gigantisch mahlende Erzählungs- und Lügenfindlinge auftürmend, in das allgewaltige Geschehen der erzählten Geschichte einbezieht.

Der Graf begann mit einer tränenvollen, erinnerungsschluchzenden Schilderung seiner Heimat, des Landes jenseits der Wälder, Transsilvaniens, das wir

›Siebenbürgen‹, die Ungarn aber ›Erdély‹ nennen. Er beschrieb die uralten Wälder, die finsteren Schluchten, den rauschenden Maros; das schöne Hátszeger Tal, das Bruzenland und die weite fruchtbare Siebenbürger Heide mit ihren Hirten.

»Seinerzeit«, sagte er, »es ist noch nicht viel mehr als hundert Jahre her, hat es in Siebenbürgen Hunderte meines Schlags gegeben. Eine Zeitlang galt es förmlich als schick, so zu sein wie ich, namentlich unter dem Adel. Bei der Auflösung des ehrwürdigen Landtags des Großfürstentums Transsilvanien im unglückseligen Jahr 1867 waren nicht weniger als achtzehn Abgeordnete Vampire. 1867 wurde dann das ganze Land, sehr zum Leidwesen der dort lebenden Rumänen und Sachsen, in das Königreich Ungarn integriert. Aber auch viele Magyaren waren dagegen. Nun, die Zeiten lassen sich nicht aufhalten. Wie oft habe ich das erleben müssen. Fünfundsiebzig Abgeordnete des Reichstages in Budapest stellte Siebenbürgen. Davon waren immer noch acht oder zehn Vampire. Der Obergespan des neuen Hermannstädter Komitats war noch bis 1919 einer von uns. Dann mußte Ungarn im Frieden von Trianon das Land an die Rumänen abtreten. Die Folgen waren fürchterlich. Ich zog mich in mein Schloß zurück und kümmerte mich nicht mehr um die Politik. Dann kam der zweite Krieg. Es kam die Eiserne Garde, dann kamen die Pfeilkreuzler. Ich weiß nicht, wer schlimmer mit den Unsrigen umging. Und dann die Deutschen — verzeihen Sie, ich will nichts sagen. Immerhin kam Siebenbürgen wieder zu Ungarn, 1941, bis dann 1944 die Russen kamen ... und die Kommunisten. Seitdem die wilden walachischen Bauernhorden des Hora Anno 84 (1784 meine ich natürlich) zweihundertvierundsechzig Schlösser verbrannten und Tausende von Adeligen erschlugen, habe ich so etwas nicht mehr erlebt.

Es gab Vampire, die versuchten, mit den neuen Herren zu paktieren. Sie wiesen darauf hin, daß sie niemals Bauern- oder gar Arbeiterblut gesogen haben, sondern nur solches von Standesgenossen oder Kapitalisten. Es half nichts. Bei hellem Tageslicht stürmte der Pöbel unsere Schlösser, mit Kränzen von Knoblauch behängt, Kreuze vor sich hertragend — stellen Sie sich vor! Kommunisten, die Kreuze vor sich hertragen! —, sprengte die Grüfte auf, riß die armen Vampire aus den Särgen, schleppte sie ins Sonnenlicht auf die Höfe und Terrassen, wo sie in Höllenqualen versengten und verbrannten. Zu ihren gellenden Schreien tobten die Agitprop-Kommissäre, jauchzten und tanzten. Wir wurden gejagt wie die Karnickel. Ich glaube nicht, daß ihrer zehn entkamen. Ich selber hatte Glück. Ich konnte fliehen. Von weitem noch sah ich den Feuerschein meines brennenden Schlosses über den Wäldern. So kam ich hierher.«

»Aber wie haben Sie das gemacht? Sie können doch kein fließendes Wasser überqueren?«

»Wenn Sie das wissen, dann können Sie sich vorstellen, wie schwierig meine Flucht war. Kam ich an einen Fluß, mußte ich um ihn herum, bis zur Quelle, um jeden Nebenfluß herum, um jeden Bach. Dabei schleppte ich immer eine Matratze mit mir, die ich mit siebenbürgischer Erde gefüllt hatte. Sie wissen: nur auf solcher Erde kann ich schlafen. Aber das Schlimmste erwartete mich hier in der sogenannten freien Welt. Zwar halfen zunächst die Amerikaner, auch die ungarischen Emigrantenorganisationen, aber in einer Welt der Computer, der Girokonten und Supermärkte ist kein Platz mehr für Vampire. Manchmal denke ich, ich kehre einfach zurück, mögen sie dort auch mich noch erschlagen, der ich wahrscheinlich der letzte bin ... Aber ich bin zu schwach, um diese umständliche, beschwerliche Reise nochmals zu machen.«

»Ich habe aber doch gehört, Ihresgleichen habe die Kraft von zwölf starken Männern?«

»Ja«, lachte er müde, »wenn wir uns richtig er-
nähren können. Aber kann ich das? Sagen Sie mir,
wie? Die Zähne sind mir sogar ausgefallen. Ich habe
mir eine Vampir-Zahnprothese machen lassen.« —
Er seufzte. — »Ich mußte dem Zahnarzt sagen, es
handle sich um einen Faschingsscherz. Wenn man
alt wird, braucht man Pflege, schonende Kost —
in unserem Sinne —, ich mußte die Jahre über froh
sein, wenn ich die Kraft hatte, einen alten Knacker
im Männer-Übernachtungsheim ein wenig auszu-
saugen. Und jetzt ... ich bettle mir ein paar Pfen-
nige zusammen, um mir hie und da eine Blutwurst
zu kaufen.« — Ich eilte in die Küche, um eine
Blutwurst zu holen. Als ich zurückkam, war er weg.

Er stand am nächsten Abend zwar wieder an seinem gewohnten Platz, gab aber, als ich zu ihm trat
und ihn anredete, kein Zeichen des Erkennens von
sich. Ich redete ihn leise mit seinem Namen an; er
schwieg. So sah ich ihn das Frühjahr, den Sommer
hindurch, im Herbst und im Winter dort stehen und
in seiner mehr als verhaltenen Art betteln. Ich gab
ihm jedesmal, wenn ich ins Hippodrom kam, eine
Kleinigkeit, und er nickte mit dem Kopf, nicht mehr
und nicht weniger als bei irgendeinem anderen.

Nach Weihnachten aber fiel mir eines Abends auf,
daß er verschwunden war. Zur gleichen Zeit erfuhr

ich von dem mysteriösen Vorfall im Polizeipräsidium. Eins, stellte ich fest, war noch nicht ermittelt in dem Zusammenhang. Ich ließ die Kriminalpolizei im Rotkreuzkrankenhaus nachfragen, was den unbekannten Täter bewogen haben konnte, zu versuchen, in das bewußte Zimmer einzudringen. Das sei auch unerklärlich, lautete die Antwort, denn in dem Zimmer sei nichts aufbewahrt, was einen Dieb anlocken könne. Es sei der Raum gewesen, in dem die Blutkonserven des Krankenhauses aufbewahrt würden.

Maik Hammer und
das rote Tuch

Vielleicht wäre alles anders gekommen, wenn die Stange fünf Mark gekostet hätte. Auf fünf Mark wäre es Michael Hammer, von seiner Freundin Maik genannt, nicht angekommen, und er hätte sie einfach weggeworfen. Es handelte sich aber um eine polyphem-verstärkte Kunstholzstange aus Moltotenyl, und sie kostete im Einkauf schon um die zehn Mark pro Meter, war vier Meter lang — macht vierzig Mark, und der Meister hätte Maik ohne Zweifel nicht den Einkaufspreis, sondern den Verkaufspreis vom nächsten Lohn abgezogen, selbstverständlich einschließlich Mehrwertsteuer, was also insgesamt an die sechzig, siebzig Mark ausgemacht hätte. So hielt Maik krampfhaft die Stange fest, und das Unheil nahm seinen Lauf. Nein — wir wollen nicht werten. Das mit dem Unheil ist nur so eine Redensart. Ob Revolutionen Unheil oder Segen sind, ist eine viel zu komplizierte Frage, als daß wir sie zu entscheiden wagen sollten. Sagen wir: die Ereignisse nahmen ihren Lauf.

Die polyphem-verstärkte Kunstholzstange aus

Moltotenyl — vier Meter lang, mit rundem Profil, etwa zweieinhalb Zentimeter im Durchmesser — war gar nicht der springende Punkt der Angelegenheit. So eine Stange, auch aus teurem Kunstholz, ist schließlich kein Allerweltsding und, wenn sie einmal bezahlt ist und ihren Dienst tut, kaum der Rede wert. Die hier fragliche Stange war aber vom Textilgroßhändler F. weder bezahlt, noch tat sie ihren Dienst (sie war ein wenig zu lang und paßte nicht in die Halterung des Kleiderregals im Engros-Lager der Firma F.), und damit begannen die Scherereien. Meister H., der die Inneneinrichtung bei der Firma F. gemacht hatte, schickte nach der Reklamation seinen Gesellen, den uns nun schon bekannten Maik Hammer, zweiundzwanzig Jahre alt, durchschnittlich faul und leidenschaftlicher Anhänger des FC Bayern München sowie der Friseurgehilfin Petra Froschmeier, um die bewußte Stange abzuholen, damit sie in der Werkstatt mittels einer Spezial-Kunstholzsäge abgeschnitten, neu geschrägt und gekragt und verbohrt und endlich zurück in die Firma F. gebracht werden konnte, wo die Stange dann hoffentlich und endlich paßte. Zum Transport der Stange benutzte Maik Hammer den Lieferwagen seines Chefs, einen VW-Kombi, den er, mangels anderer Parkgelegenheit, auf der dem Anwesen der Textilgroßhandlung F. gegenüberliegenden Straßenseite abstellte. Auch das wäre an und für sich noch nicht schlimm gewesen, wenngleich das Ganze ohne dieses Parken nicht ins Rollen gekommen wäre. Es kam nur eben eins zum anderen.

Schon als Maik Hammer mit geübtem Griff die nicht passende Stange aus dem Regal entfernte, erkannte er, daß sie infolge ihrer Länge nicht im Innern des VW-Kombi transportiert werden konnte, sondern auf dem Dach befestigt werden mußte. Weiter erkannte Maik, daß die vier Meter lange Stange sicher mehr als einen Meter über das Fahrzeug hinausragen und deshalb durch ein geeignetes Signal zu kennzeichnen sein würde.

»Haben Sie«, sagte Maik zu einem Mädchen, das zwischen den Regalen umherlief, »einen roten Fetzen, ich muß die Stange da fürs Auto absichern. Irgendeinen roten Fetzen. Schließlich sind Sie ja eine Textilgroßhandlung.«

»Ich bin keine Textilgroßhandlung«, sagte das Mädchen spitz, »ich bin Abteilungsleiterin.« Aber sie brachte ein Stück rotes Tuch. Das band Maik an das Ende der Kunstholzstange, schulterte sie und trat — vorsichtig, um nicht die Scheiben einzuschlagen — auf die Straße hinaus, auf deren anderer Seite der VW-Kombi stand.

Es war ungefähr vier Uhr nachmittags. Wie immer um diese Zeit begann der Abendstoßverkehr langsam anzuschwellen. Auf der Straße fuhren, namentlich stadtauswärts, viele Autos. Der Gehsteig war von zahlreichen Passanten bevölkert, die eilig hin oder her liefen. Unter den wenigen, die nicht eilig hin oder her liefen, ja die strenggenommen nicht einmal zu den Passanten zu zählen waren, denn sie passierten nicht, sondern standen mit dem Rücken zur Hauswand nahe dem Eingang der Textilgroßhandlung F., befanden sich drei jüngere Leute, zwei Männer und ein Mädchen, an denen nichts weiter Auffälliges war — bis auf ein besonders komisch kariertes kleines Käppchen, das der kleinere der beiden Männer trug.

»Schaut!« sagte der Mann mit dem Käppchen und deutete auf Maik.

Maik Hammer hatte eben mit dem vorderen Ende seiner vier Meter langen Stange einem Mann den Hut vom Kopf geschlagen, und als er sich ein wenig wendete, um sich zu entschuldigen, mit dem hinteren Ende der Stange einer alten Frau kräftig auf den Popo geklopft.

»Flegel!« sagte die alte Frau.

Der Mann hob seinen Hut auf, putzte ihn ab und sagte ärgerlich: »Halten Sie es doch aufrecht, wenn

Sie schon ein so sperriges Ding unbedingt in der Stoßzeit über die Straße tragen müssen.«

Maik richtete die Stange auf und schulterte sie. Oben wehte der rote Fetzen, den ihm die Abteilungsleiterin gegeben hatte.

»Schaut!« sagte der junge Mann mit dem karierten Käppchen.

»Ho — ho — ho — Tschi — minh!« schrie das Mädchen.

Und damit war es passiert. Alles, was dann noch kam, rollte eigentlich nur noch ab, wie eine Sache abrollt, die einmal unaufhaltsam in Bewegung geraten ist.

Maik Hammer hatte erstaunt umgeblickt, als das Mädchen geschrien hatte. Der junge Mann mit dem Käppchen löste sich von der Hauswand und trat auf Maik zu: »Ich heiße Freddy«, sagte er. »Solidarität!«

»Solidarität«, murmelte auch der größere junge Mann.

Maik hielt das alles für einen dummen Witz, drehte sich wieder zur Straße und wollte hinüber zum Auto. Der Verkehr war aber inzwischen noch stärker geworden. An dieser Stelle konnte Maik mit der Stange die Straße nicht mehr überqueren. Weiter vorn war eine Fußgängerampel. Maik setzte sich in

Bewegung. Die drei jungen Leute auch. Der eine von ihnen, der größere junge Mann, nahm seine Aktentasche vom Boden auf, dann hakten die drei sich ein, strampelten sich in Gleichschritt und schlossen zu Maik Hammer auf.

Die Fußgängerampel stand auf Rot. Maik setzte seine Stange ab. »Du«, fragte Freddy mit dem Käppchen Maik, »du bist doch . . .«

Da schaltete die Ampel auf Grün. Maik nahm schnell seine Stange wieder auf und trat auf die Straße. An der Ecke, keine fünf Schritte von der Ampel entfernt, war eine Haustür. Diese Tür ging im selben Augenblick auf, als das grüne Licht kam. In dem Haus befand sich die private, staatlich anerkannte Kunstschule Enslein. Etwa zehn Schüler der Kunstschule sowie ein weibliches Aktmodell (in bekleidetem Zustand) traten durch die Tür ins Freie, denn eben war der Akt-Zeichenkurs zu Ende gegangen, und schlossen sich sogleich der Demonstration an.

Maik war, während er die Straße überquerte, damit beschäftigt, mit seiner Stange die Straßenbahn-Oberleitung nicht zu streifen, und konnte auf nichts anderes achten. Drüben angelangt, erkannte er, daß sein Anhang gewachsen war, und er blieb ratlos ein wenig stehen. Auch der Anhang blieb stehen und bildete ein Verkehrshindernis auf dem Gehsteig. Die teils schimpfende, teils neugierige Menschenansammlung, aus deren Mitte Maiks rote Fahne ragte, quoll über die Ränder des Gehsteigs und begann bereits den Fahrverkehr auf der Straße zu beeinträchtigen. Autofahrer hupten, die Trambahn konnte nicht weiterfahren, und der Fahrer klingelte erbost.

Maik wandte sich an den jungen Mann mit dem karierten Käppchen: »Laßt doch den Blödsinn.«

Der Mann mit dem Käppchen grinste. Das Mädchen schrie: »Ho — ho — ho — Tschi — minh!«

»Was wollt ihr denn?« fragte Maik, aber seine Worte gingen im Lärm der Verkehrsstauung unter.

»Was ist denn da vorn, geht's nicht weiter?« schrie einer der Kunststudenten. Von fern her war der erste Polizeipfiff zu hören.

Maik klammerte sich an seine Stange und ging weiter, aber nicht in Richtung zum Auto, sondern entgegengesetzt, denn er hatte verschiedentlich davon gehört, daß Demonstranten parkende Autos beschädigt hatten, und fürchtete deshalb für den Wagen seines Chefs. Irgendwie, dachte sich Maik, werde ich sie schon abhängen.

Am einfachsten wäre es natürlich gewesen, schnell in eine Toreinfahrt zu verschwinden, sich zu ver-

stecken und dann in die Gegenrichtung davonzulau-
fen. Mit einer vier Meter langen Stange, an deren
Spitze noch dazu eine weithin sichtbare rote Fahne
weht, kann man aber nicht verschwinden. Wenn sie
nur fünf Mark wert gewesen wäre, haben wir ein-
gangs gesagt, hätte Maik die Stange einfach weggeworfen oder einem anderen in die Hand gedrückt.
Aber siebzig Mark ...

Maik blieb also nichts anderes übrig, als weiter
mit der Fahne vorauszugehen. An der nächsten
schmalen Seitenstraße aber bog er ein und begann
zu rennen. Ein paar Demonstranten waren schon
an der Einmündung der schmalen Straße vorbei, als
sie die vermeintliche neue Marschrichtung erkannten. Nach kurzer Zeit setzte sich der Demonstrationszug in Trab und folgte der Fahne.

Infolge des regen Fußgängerverkehrs auf der
Hauptstraße war der Demonstrationszug eher locker
gewesen. Man hatte nicht so recht gewußt, vor allem
im hinteren Teil des Zuges, wer wirklich der Demonstration folgte, wer bloß so aus Neugierde mitlief
und wer nur zufällig in die gleiche Richtung ging.
Nun aber riß Maiks unglückselige Richtungsänderung
die Demonstranten und Mitläufer wie ein Sog in den
engen Kanal der schmalen Straße.

Der Zug holte Maik ein, als sich seine Fahne an

einem der bekannten tellerartigen Schilder eines Friseurladens verfangen hatte und Maik sich bemühte, die Stange wieder loszubekommen. Der Friseur, ein kleiner alter Mann mit Spitzbart und böse funkelnden Augen, in der Hand einen Rasierpinsel mit Schaum (er bediente gerade einen Kunden, der, das sah man durch das Schaufenster, in dem vorderen der beiden Friseursessel saß und in einer Zeitung blätterte) trat auf die Straße und schimpfte.

»Lassen Sie mein Schild gefälligst in Ruhe, Sie Lümmel«, schrie der Friseur.

»Meinen Sie, ich habe die Stange absichtlich in Ihr blödes Schild verhängt?«

»Unterstehen Sie sich...«

Weiter kam der Friseur nicht, denn jetzt sah er mit Entsetzen die Masse der Demonstranten die schmale Gasse herunterquellen.

»Helfen Sie mir doch, das Ding loszumachen«, zischte Maik verzweifelt dem Friseur zu. Aber die Demonstranten waren schon da, und die Spitze des Zuges umlagerte Maik, die Fahne und den Friseurladen.

»Verschwinden Sie«, schrie der Friseur, »verschwinden Sie sofort aus dieser Straße, hier wohnen nur friedliche Bürger.«

Der Kunde des Friseurs blickte drinnen von seiner Zeitung auf.

Der junge Mann im karierten Käppchen gab dem Friseur einen kleinen Schubs und sagte: »Halt's Maul, du dreckiger Monokapitalist.«

»Was haben Sie da gesagt?« kreischte der Friseur.

»Blutsauger«, sagte der mit dem Käppchen, »auch deine Stunde wird bald kommen.«

»Polizei! Polizei!« schrie der Friseur.

Der Kunde drinnen, das Gesicht immer noch voll Schaum, hatte sich in den hinteren Teil des Ladens zurückgezogen.

Der Mann mit dem Käppchen hatte inzwischen das Firmenschild gelesen: ›Max Sauerwein, Herren-Frisier-Salon‹ stand in verschnörkelter Goldschrift auf blauem Glasgrund.

»Schlagt dem Sauerwein seinen Schädel ein!« schrie der Mann mit dem Käppchen.

Etwa gleichzeitig, als von hinten ein Stein gegen das Firmenschild flog, das in tausend Scherben zersprang, fuhr der Friseur dem Käppchen-Mann mit dem Pinsel ins Gesicht und seifte ihm mit geübter Hand Augen, Mund und Nase in Sekundenschnelle zu. Der Käppchen-Mann gurgelte nur mehr, die anderen aber skandierten schon »Schlagt dem Sauerwein seinen Schädel ein«. Der Kunde im Laden, ein etwas schwerfälliger dicker Mann, hatte einen Schrank erklommen und saß schnaufend in der dunkelsten Ecke. Die Demonstranten drangen in den Laden. Im Nu gingen die Schaufensterscheibe, die Spiegel und die Waschbecken in Trümmer. Das Schreien des Friseurs mit dem Spitzbart ging in Weinen über. »Das zahlt keine Versicherung«, winselte er.

Einige Revolutionäre schüttelten den Schrank, auf dem der Kunde saß. Seine in Todesangst geweiteten Augen glänzten aus dem langsam vertrocknenden Schaum. Aber der Laden war zu voll; der Schrank konnte nicht umfallen.

Die Demonstranten, die nicht im Friseurladen Platz gefunden hatten, wandten sich dem gegenüberliegenden Geschäft zu, dessen Besitzer zu spät versuchte, die Rolläden herunterzulassen: »Martin Pongratz, Farben und Lacke.«

»Haut Pongratz vor den Latz!« johlte die Menge.

Martin Pongratz ließ seinen Laden im Stich und lief davon, daß die Schöße seines grauen Arbeitsmantels flatterten. Pongratz' Laden war etwas größer als das Friseurgeschäft und vor allem lohnender: Farben und Lacke.

Maik Hammer, dem im Hin und Her mehrfach seine Stange entglitten war, bekam sie jetzt wieder zu fassen und konnte sie endlich freirütteln. Er rannte sofort in die Richtung, in die auch Pongratz gelaufen war. Doch die Demonstranten, die inzwischen kräftig an Farbe gewonnen hatten und Pinsel, Leinwand und Farbkübel mit sich nahmen, folgten ihm sogleich.

Es mußte sich inzwischen herumgesprochen haben, daß eine Demonstration stattfand, denn dort, wo die schmale Gasse wieder auf eine breitere Straße mündete, stieß bereits eine geordnete revolutionäre Gruppe unter kräftigem ›Ho-Tschi-minh‹ dazu. Von einem nahen Kirchturm schlug es halb sechs. Um sechs hatte sich Maik mit Petra verabredet. Für den Fall, daß Petras Mutter wider Erwarten heute abend zu Hause blieb, wollte er die Sportübertragung im Fernsehen anschauen. — Verdammte Stange, dachte Maik und wechselte sie auf die andere Schulter. Ein Demonstrant half ihm dabei.

Es ging aufwärts mit der Revolution. Das heißt, Maik schlug den Weg hinauf zu einem höher liegenden Stadtviertel ein. Der Demonstrationszug hatte nun längst schon nicht mehr auf dem Gehsteig Platz, sondern beanspruchte die Straße. Polizei war angerückt und sperrte die Seitenstraßen, bis der Zug, der nun gut und gern einen halben Kilometer maß, vorbei war.

Vielleicht, dachte Maik, verlaufen sie sich, wenn ich sie in ruhigere Gegenden führe.

Das wäre möglicherweise der Fall gewesen, aber der Weg führte am Fußballstadion der Stadt vorbei.

Maik hätte wissen müssen, daß gegen sechs Uhr die Menschenmassen zu strömen beginnen, wenn für acht Uhr ein wichtiges Flutlichtspiel angesetzt ist, eben dieses Spiel, dessen Fernsehübertragung Maik als Ausweichvergnügen vorgesehen hatte, für den Fall, daß Petras Mutter daheim blieb. Aber wer denkt an alles, wenn er, noch dazu unfreiwillig, Führer einer Revolution wird?

Es war nicht zu unterscheiden, wer wen absorbierte: die breit dahinströmenden Fußballanhänger die Demonstranten oder die Revolution die Fußballfans. Der Übergang war ohnedies fließend. Beide Gruppen (oder besser Massen) trugen Fahnen und Transparente mit sich. Da die Farben des heimischen Vereins rot-weiß waren, unterschieden sich die Fußballfahnen von denen der Revolution (Maiks Fahne war nicht die einzige geblieben, wenn auch die mit der längsten Stange) nicht durch die Farben, höchstens dadurch, daß die Fußballerfahnen größer waren und sorgfältiger genäht. Und wer kann schon lesen, was auf Transparenten steht? Transparente sind optische Primitivsignale, die durch ihre bloße Existenz wirken. Ob auf einem Transparent

HAUT MINISTER SCHULZ

ZU SULZ

oder

DER DEUTSCHE MEISTER

FC BAYERN HEISST ER

steht, ist völlig gleichgültig. Wichtig allein ist, daß
es mitgeführt wird. So treffen sich ideologisch sternenferne Welten durch die natürliche Begrenzung
der Mittel.

Allerdings, wie immer, zeigte sich auch bei diesem
denkwürdigen Demonstrationszug, daß die Revolution phantasiereicher in der Handhabung der
Mittel ist als das Establishment. Während die Fußballanhänger sich im wesentlichen auf Fahnenschwenken und Trompetenblasen beschränkten, verwendete eine Basisgruppe, die Leute nämlich, die
den Farbenladen gestürmt hatten, die dort vergesellschafteten Produktionsmittel, um revolutionäre Parolen an Hauswände zu malen (›Wohnrecht
für Hunde!‹, ›Schafft endlich Nudisten-Friedhöfe!‹) und geparkten Autos lebhaftere Anstriche
zu geben.

So wälzte sich ein Menschenwurm von nun schon
unübersehbaren Ausmaßen fahnenschwingend und

parolenbrüllend unaufhaltsam den Berg hinauf in Richtung Fußballstadion. Maik Hammer, ursprünglich der Anführer der Bewegung, konnte längst nicht mehr bestimmen, wohin sie ging.

Dort, wo die Steigung der Straße aufhörte und wo die kurze ebene Zufahrt zum Stadion begann, stieß Maik wieder auf den Mann mit dem karierten Käppchen. Er hatte eben von einem Gemüsekarren ein paar Karotten vergesellschaftet und bot Maik eine davon an.

»Da«, sagte der Mann mit dem Käppchen, »du hast sicher Hunger.«

Maik schaute angewidert auf das rohe Gemüse. »Danke«, sagte er, »ich bin kein Hase.«

Der Mann mit dem Käppchen biß in eine Karotte, daß es knirschte.

»Die Karotte«, sagte er, »ist ein ausgesprochen revolutionäres Nahrungsmittel, denn sie ist rot.«

»Dann eßt ihr nur Karotten?«

»Unsinn«, sagte der Mann mit dem Käppchen, »das würde mich bestens anöden. Aber das Gemüseweib hatte nur Karotten auf dem Wagen und grünen Salat. So sage ich eben: Karotten sind ein ausgesprochen revolutionäres Nahrungsmittel, weil sie rot sind. Verstehst du? So schaffe ich mir selber die Lust am Sozialismus. Das ist Ideologie.«

»Gesund«, sagte Maik, »sollen sie ja sein, rohe Karotten.«

»Ausgezeichnet«, sagte der Mann mit dem Käppchen. Er drehte sich zur Menge um und schrie: »Sozialismus ist gesund!«

»Erdbeeren«, sagte Maik Hammer, »wären dann auch sozialistisch.«

»Ohne Zweifel.«

»Und Kirschen.«

»Richtig.«

»Wie ist das mit Hummer, der ist doch auch rot?«

»Hummer — hm«, sagte der Mann mit dem Käppchen, »ja, ja — aber nur außen. Innen ist er weiß.«

»Aber außen ist er recht rot.«

»Hummer ist durch die kapitalistische Ideologie korrumpiert und als sozialistisches Nahrungsmittel nicht mehr tragbar. Auch wenn er außen rot ist. Ganz im Gegensatz zu Tomaten. Tomaten sind nicht nur durch und durch rot, sie haben auch seit eh und je etwas außerordentlich Aggressives.«

»Und Blutwurst?«

Der Mann mit dem Käppchen runzelte bedenklich die Stirn. Was er sagte, konnte Maik nicht mehr verstehen, denn sie wurden durch einen Stoßkeil von Demonstranten getrennt, die mit einem großen

Balken gegen das eiserne Tor des Fußballstadions anrannten.

Die Eingänge zu Fußballstadien sind so gebaut, daß sie einer im Rahmen der Fußballbegeisterung undiszipliniert anstürmenden Masse standhalten. Eiserne Tore und hohe Gitter, kleine Einschlupflöcher, wo jeweils nur einer durchkann, schützen Tribünen und Stehplätze. Stämmige Kontrolleure arbeiten mit der uralten Methode, den Feind in einen Trichter rennen zu lassen — bekannt seit der Schlacht bei Issos. Dem Ansturm der sich hier potenzierenden Kräfte der Revolution und Fußballbegeisterung hielten die Befestigungen des Stadions aber nicht stand, denn spätestens hier — wenn auch strenggenommen nur vorübergehend — integrierten die Stoßrichtungen der beiden Demonstrationsfaktoren. Die Demonstranten wollten ins Stadion — warum, wußte niemand, niemand fragte auch danach —, die Fußballfans erkannten die Gelegenheit, kostenlos oder auf bessere Plätze hineinzukommen. Nachdem die Revolutionäre ein paarmal, wenngleich ohne es zu sprengen, gegen das Tor angerannt waren und nachdem der erste Farbkübel in ein Kontrolleurhäuschen geflogen war, räumten die Kontrolleure und Torwächter kampflos den Eingang.

Während die Massen — das ging nicht ohne schmerzliche, aber eben leider unvermeidliche Verluste ab — in das Stadion strömten, das einschließlich der Spielfläche im Nu gefüllt war, wurden die Verantwortlichen der Fußballveranstaltung verständigt. Es handelte sich um vier ältere Herren, Sportfunktionäre mit runden, kahlen Köpfen, dicken Bäuchen und gramzerfurchten Stirnen. Einer trug einen braunen, der zweite einen hellgrünen und der dritte einen blauen Trenchcoat, jeweils mit breitem Gürtel. Der vierte trug eine Kamelhaarjacke und einen kanariengelben Schal.

Die vier Herren versammelten sich in einem Glasverschlag unterhalb der Tribüne und ließen sich, wobei ihre Gesichter von noch mehr Gram zerfurcht wurden als üblich, über die Lage Bericht erstatten. Das war an und für sich überflüssig, denn ein Blick aus dem Fenster genügte, um festzustellen, daß es wie in einem Hexenkessel zuging. Aber irgend etwas müsse man doch tun, hatte der Verantwortliche mit dem Kanarienschal gemeint. Also ließ man sich wenigstens über die Lage Bericht erstatten.

Der Sportfunktionär im blauen Trenchcoat war am heftigsten erregt. »Das Spiel, das Spiel«, fauchte er, »muß stattfinden.«

»Die haben ja längst das ganze Spielfeld ruiniert, da können wir überhaupt nicht mehr spielen.«

»Das sind anderthalb Millionen Mark!« brüllte der Sportfreund im blauen Mantel.

»Aber wie bringen wir die Leute aus dem Stadion wieder 'raus?«

»Früher«, brach es aus dem blauen Sportfreund heraus — wie stets bei aufrechten Deutschen in ausweglosen Situationen, »früher hätte es so etwas nicht gegeben.«

»Die Lage war noch nie so ernst«, sagte der Funktionär im grünen Mantel.

Da ging die Tür auf. Herein trat der kleine Mann mit dem karierten Käppchen, gefolgt von Maik Hammer, der vorsichtig seine Stange in den Raum schob und an der Wand auf den Boden legte, und ein paar anderen Revolutionären.

»Solidarität!« sagte der kleine Revolutionär.

»Hä?« fragte der Funktionär im blauen Mantel.

»Guten Abend«, sagte Maik Hammer.

»Ist hier«, fragte der Revolutionär, »die Stadionsprechanlage?«

»Was wollen Sie überhaupt?« sagte der Funktionär mit dem kanariengelben Schal.

»Ein soeben gebildeter revolutionärer Rat übernimmt ab sofort die Initiative«, sagte der Mann mit dem Käppchen.

Da bekam der blaue Funktionär einen Schreikrampf. Zunächst waren noch einzelne artikulierte Laute — vornehmlich »hinaus, hinaus!« und »anderthalb Millionen« — zu unterscheiden, dann gingen sie in ein unregelmäßig auf- und absteigendes Jaulen über. Während sich die anderen drei Sportfunktionäre um den Kollegen bemühten, hatten die Revolutionäre die Stadionsprechanlage entdeckt und schalteten sie sogleich ein. Das Jaulen des Funktionärs wurde dadurch, tausendfach verstärkt, ins Stadion übertragen. Die Wirkung war großartig.

»Da kann man was draus machen«, sagte einer der Revolutionäre, ein etwas älterer mit einer Fellweste. Er nahm das Mikrophon und hielt es dem immer noch jaulenden Funktionär direkt vor den Mund. Draußen zerriß es schier die Lautsprecher. Dann verdeckte der Revolutionär mit der Fellweste, offenbar in seiner Freizeit ein Tonbandbastler oder so etwas ähnliches, einer jedenfalls, der sich auf solche Tricks verstand, schnell mit der Hand das Mikrophon, öffnete die Hand wieder, schloß sie, öffnete sie, in schnellem Wechsel. Indianer, heißt es, stoßen so ihr Kriegsgeschrei aus, indem sie sich schreiend auf den Mund schlagen. Der Effekt im

Stadion war ähnlich, nur tausendfach lauter: als wolle ein Meer ein neues Meer gebären, sagt Schiller im ›Taucher‹.

Der Revolutionär in der Fellweste war begeistert. Der Mann mit dem Käppchen aber sagte: »Laß deine Spielereien. Wir haben Wichtigeres zu tun.«

»Ich will aber Lärm machen«, sagte der Fellwesten-Revolutionär.

»Halt's Maul.« Die Sprechanlage wurde abgeschaltet. Die plötzliche Ruhe wirkte geradezu beklemmend.

»Du bist aber ganz schön repressiv, bist du«, sagte der Fellwesten-Revolutionär vorwurfsvoll, »was ist jetzt denn, wenn ich deswegen seelische Störungen kriege? Orgasmusschwierigkeiten und so?«

Der Mann mit dem Käppchen deutete auf den Sportfunktionär im blauen Mantel, der jetzt nur noch stoßweise wimmerte. »Was willst du, er brüllt ja sowieso nicht mehr!« In einer langen, sehr ausführlichen Rede erläuterte dann der Mann mit dem Käppchen die Forderungen der Revolution an den Fußball. Es gehe nicht an, sagte er, daß eine Elite von nur zweiundzwanzig Privilegierten am Fußballspiel teilnehmen dürfe, während die vielen tausend anderen zu passivem Zuschauen verurteilt seien. Die

Regeln des Fußballspiels müßten sozialisiert werden. Jeder, der wolle, dürfe mitspielen. Der Mannschaftszahl sei nach oben keine Grenze gesetzt. Selbstverständlich dürfe es auch nicht bei einem Ball bleiben. Auch dürfe für den Ausgang des Spiels nicht das kapitalistische, repressiv-autoritäre Leistungsprinzip maßgebend sein. Die Anzahl der geschossenen Tore sei künftighin für Sieg oder Niederlage gleichgültig. Lediglich das bessere revolutionäre Bewußtsein zähle. Der Schiedsrichter als ganz besonders krasser Auswuchs autoritären Denkens sei ersatzlos zu streichen.

Dann verkündete der Mann mit dem Käppchen den Beginn des Spieles.

»Fanget an!« sagte er.

»Mein Gott, was soll aus Deutschland werden«, flüsterte der Funktionär mit dem kanariengelben Schal.

Als das Spiel 28 464 : 24 701 stand, gelang es Maik Hammer mit seiner Stange, von der er vorsorglich das rote Tuch entfernte, einen Hinterausgang aus der Funktionärskabine zu finden, durch den er wieder auf die Straße kam. Es war zehn Uhr vorbei. Vor vier Stunden hätte er Petra treffen wollen ... Aber die Stange aus Kunstholz, wenigstens, war unversehrt.

Der stillgelegte Mensch

Die Villa verdeckte den Blick ins Tal.

»Von der Terrasse aus«, sagte ich, »muß man eine herrliche Aussicht haben.« Wir hatten an einigen Stellen des Weges, der in geringer Entfernung hinter den Villen und ihren Gärten den Hang entlangführte, hinuntergesehen, wenn gerade keines der Häuser und kein Baum die Sicht versperrt hatten. Inmitten der Hügel, die im schrägen Licht der Sonne von Myriaden von Ölbaumblättern wie Glas schimmerten, lag die Stadt. Wie ein Schiff ragte der Dom mit seinen aus der Entfernung zierlich wirkenden dunkelgrünen Intarsien aus dem scheinbar einförmigen Gewirr der Dächer. San Miniato al Monate, hoch über der Stadt, von hier aus aber weit unter uns, jenseits des Flusses, war an seiner hellen Fassade zu erkennen. Gegen Westen aber löste sich alles, die Ausläufer der Stadt, das Tal, die Hügel — nur nicht das leuchtende Band des Arno — im silbernen Dunst des Spätherbstes auf. Bis weit hinaus war das Blinken des gewundenen Flußlaufes zu sehen, dann verlor sich auch dies Blinken, als münde der begnadete Fluß nicht ins Meer, sondern in einen eleusischen Nebel.

»Kennen Sie dieses Haus?« fragte Dr. Castell-alba.

»Nein«, sagte ich, »hat es eine besondere Be-wandtnis mit ihm? Mir ist nur aufgefallen, daß man von der Terrasse aus — ich nehme an, die Villa hat auf der anderen Seite eine Terrasse — einen besonders glücklichen Blick ins Arnotal hat. Diesen uralten Blick in die Ewigkeit ... die schönste Aussicht der Welt.«

»Und doch wird sie nicht genutzt. Jedenfalls nicht von dieser Villa aus«, sagte Dr. Castellalba.

»Kennen Sie«, fragte jetzt ich, »das Haus?«

»Es wird von einer alten Frau bewohnt. Alle Fenster sind verschlossen, bis auf eins: dort neben der Tür. Wenn Sie genau hinschauen, sehen Sie die alte Frau hinter dem Fenster. Gehen wir weiter, sonst fallen wir auf. Die alte Frau sitzt dort Tag für Tag und schaut auf den Weg hinaus.«

Wir spazierten weiter. Im Vorübergehen las ich den Namen auf der kleinen Marmortafel an dem verwitterten, steinernen Gartentor:

»Berchet«, sagte ich.

»Er wird französisch ausgesprochen«, sagte Dok-tor Castellalba: »Berchet.«

»Der Name sagt mir nichts. Sie sagen das plötz-lich so düster. Was hat es mit der Villa auf sich?«

»Das ist das Eigenartige an Fiesole. Das Heitere und das Düstere ist hier fast ein und dasselbe. Es durchwurzelt sich gegenseitig: die heitere Ruhe und die Tiefe der Düsternis. Eine düstere Heiterkeit. — Böcklin hatte hier in der Nähe gewohnt, auch Huxley.«

Wir waren ein Stück weitergegangen. Ich blickte auf das graue Haus zurück, das von hier aus zwischen den dunklen Bäumen — einige Zypressen und zwei besonders schöne Lewentonien — fast nicht mehr zu sehen war.

»Und wer ist nun die Dame Berchet, die jahraus, jahrein am Fenster sitzt?«

»Das ist keine Dame Berchet, das ist Aurispa, sie war damals schon die ›alte Aurispa‹, heute ist sie natürlich noch viel älter.«

»Ein eigenartiger Name«, sagte ich.

»›Aurispa‹«, sagte er. »Die Sizilianer haben oft ganz merkwürdige Vornamen, selbst bei einfachsten Leuten. Die Alte ist Haushälterin bei den Berchets — oder war, je nachdem, wie man es nimmt. Aber ›Berchet‹ sagte Ihnen nichts?«

»Nein«, sagte ich.

»Auch Dall'Oca wird Ihnen kein Begriff sein. Na ja. Es ist schon lange her, und Sie sind kein Mediziner. Professor Dall'Oca war mein Lehrer.

Er war Professor hier an der Universität. Er war ein Genie, und er war ein Phantast; mag sein, er war zu sehr...«

Dr. Castellalba schüttelte, offenbar in Erinnerungen, ein wenig den Kopf. »Setzen wir uns auf diese Bank«, sagte er dann. »Dall'Oca starb — sagen wir: starb, das ist jedenfalls der Oberbegriff, als er nur wenig über vierzig Jahre alt war. Hätte er länger gelebt, wer weiß... Ich war Schüler von Professor Dall'Oca, das habe ich schon gesagt. Ich war auch Famulus bei ihm, so eine Art Assistent. — Die Villa Berchet war das letzte Haus, das Dall'Oca lebend betreten hat. Der plötzliche Tod Dall'Ocas störte auch meine Karriere nicht unempfindlich. Er war mein Doktor-Vater gewesen. Kein anderer Professor wollte mich danach als Doktoranden annehmen, nicht einmal mit einer neuen Arbeit. Seine Kollegen waren nicht gut auf Dall'Oca zu sprechen. Nicht nur das übliche kindische Gezänk unter Wissenschaftlern: Klerikal-Faschisten und Kommunisten. Dall'Oca war Freidenker. Er war beiden verhaßt.«

»Und wer waren die Berchets?«

»Ich habe vieles aus der Nähe erlebt. Ich habe natürlich auch Fidelfo Berchet gekannt. Fidelfo Berchet war oder schien wenigstens — muß man einschränken, wenn man es so überblickt — einer der wenigen zu sein, mit denen Dall'Oca befreundet war; vor allem aber: Berchet war Dall'Ocas großes Experiment. Sie, die alte Aurispa, die ein familienanhängiges Faktotum schon bei Fidelfo Berchets Eltern war, hat mit der düsteren Stimme, die altgediente Domestiken nicht ungern zu haben pflegen, vor dem ungeheuerlichen Experiment gewarnt. Aber wir hielten uns für aufgeklärt. Man sollte«, sagte Dr. Castellalba und faltete die Hände über seinen Stockknauf, »auch heutzutage Gott nicht versuchen, selbst dann nicht, muß man wohl mit Rücksicht auf Dall'Oca sagen, wenn es gar keinen gibt.«

»War es«, fragte ich zögernd, da Dr. Castellalba schwieg, »ein medizinisches Experiment?«

»Natürlich; Sie kennen selbstverständlich die Geschichte von Orpheus? Die Berchets gehörten nicht zu den alten Familien hier, wie schon aus dem Namen hervorgeht. Ich glaube, Fidelfos Großvater kam aus Savoyen oder dort woher in unsere Stadt. Er kam als vermögender Kaufmann und starb als reicher. Seine Söhne kamen durch das Geld außerdem zu Ansehen. Einer wurde Geistlicher und bekleidete einen hohen Posten im Vatikan, alle anderen heirateten Töchter florentinischer Patrizierfamilien. Keiner hatte Kinder bis auf Fidelfos Vater, der einen einzigen Sohn hatte, eben Fidelfo

Berchet. An Begabung, insbesondere für die Literatur, soll es — ich habe ihn ja erst viel später kennengelernt und weiß von seiner Jugend nur vom Hörensagen — dem jungen Fidelfo Berchet nicht gefehlt haben. Seine Begabung wurde sorgsam gepflegt, gleichzeitig wurden die künftigen äußeren Wege — aber wer kennt schon die Zukunft — lang vorausschauend geebnet. Es bestand für Fidelfo ein in allen wesentlichen Punkten ausgefeilter Lebensplan. Mit fünfundzwanzig Jahren hätte Fidelfo als fertiger Dichter, nein: als fertiger Fidelfo vor die Welt treten sollen, und mit der Präzision einer zuverlässigen Maschine hätten Erfolg und sogar Glück in Fidelfos Leben gleichsam eintreten müssen — da kam der Krieg. Er blies in Fidelfos scheinbar gefestigten Lebensplan wie in ein Kartenhaus. Zehn Jahre wurden Fidelfo Berchet gestohlen, durch Krieg, Gefangenschaft und Krankheit — zehn Jahre, bei einem Lebensplan, der sozusagen auf die Minute berechnet war. Als Fidelfo zurückkam, waren seine Eltern tot, seine Braut hatte einen andern geheiratet, der größte Teil des Vermögens war verloren. Fidelfo stand mit fünfunddreißig Jahren vor der Ruine seines Lebens.

Nun, das Haus und noch einiges andere war geblieben. Aurispa hatte bewahrt, was in ihrer Macht lag. Fidelfo begann ein wenig für Zeitungen zu schreiben, eine Zeitlang war er in der Redaktion einer kulturellen Monatszeitschrift, auch schrieb er ein recht erfolgreiches, eher populärwissenschaftliches Buch über die Geschichte der Philosophie. Aber er fühlte sich als gescheiterte Existenz. Kaum jemand konnte ihn darüber trösten, denn fast jeder fühlte: er war es.

Das änderte sich auch nicht nach seiner Hochzeit mit einer Photographin, einer schönen und lebhaften Frau. Erst als eine Tochter zur Welt kam, sie wurde Adriana getauft, schien Fidelfo Berchet seinen früheren élan vital wiedergefunden zu haben. Fidelfo konzentrierte sich auf das kleine Mädchen, so wie sich seinerzeit seine Familie auf ihn konzentriert hatte. Adriana war klug, ein reizvolles Kind und außerordentlich liebenswürdig. Sie ließ bald die mit ausgefeilter Erziehung vermischte Bewunderung ihres Vaters mit solchem Charme über sich ergehen, daß Fidelfo das Kind — es ist nicht zuviel gesagt — vergötterte. Kurz bevor Adriana in die Schule kommen sollte, kam sie bei einem Autounfall ums Leben. Nie habe ich bei einem Menschen erschütterndere Trauer gesehen. In den ersten Wochen redete Fidelfo überhaupt nichts. Er saß in einem abgedunkelten Zimmer des Hauses, starrte meistens vor sich hin, nur hie und da spielte er auf dem Grammophon Gesualdo-Madrigale. Auch diese hochintellektuelle und gleichzeitig überaus sinnliche Musik gab Fidelfo keinen Trost, aber man hatte das Gefühl, sagte mir Aurispa, sie verhindere, daß die Gedanken des Herrn Berchet gänzlich zu Bröseln auseinanderfallen. Tatsächlich schien Fidelfo eine Zeitlang nah am Wahnsinn zu sein. Er verbrachte Stunden kniend vor einer kindlichen Zeichnung, die Adriana kurz vor ihrem Tod gemacht hatte, und er redete von dem Kind stets so, als lebe es noch.

Ich war damals schon bei Dall'Oca und war auch bereits mit der Familie Berchet bekannt. Als Famulus des Professors kannte ich seinen großen Plan. Ich wußte auch, daß er eigentlich noch nicht zur Ausführung reif war, daß selbst ein so kalter Mensch wie Dall'Oca vor der Kühnheit des Unternehmens noch zurückschreckte. Ich muß deshalb annehmen, daß der Anstoß zur Ausführung von Fidelfo Berchet ausging, ja daß Berchet den Professor dazu überredete.

Das Problem bei diesem Experiment war nicht so sehr medizinischer als eher technischer Natur. Es ist sehr einfach, einen Menschen so zu ›töten‹, daß kein organischer Schaden eintritt. Da werden zwei Drähte aus einem kleinen Gerät ans Herz herangeführt, ein Stromimpuls, das Herz bleibt stehen wie eine angehaltene, aber intakte Uhr. Setzt jedoch nun die Durchblutung aus, so beginnt die Zersetzung, vor allem der Hirnsubstanz. Dreißig Sekunden ohne Durchblutung zerstören gewisse lebenswichtige Hirnzellen unwiederbringlich. Es gibt die Möglichkeit, diesen Zerstörungsprozeß zu unterbinden. Sie wissen es vielleicht: durch Einfrieren. Gelingt es, innerhalb von dreißig Sekunden den sozusagen nur angehaltenen, noch nicht eigentlich toten Organismus vollständig einzufrieren (um es gleich vorauszuschicken: wir verwendeten flüssiges Helium), gleichzeitig aus bestimmten Gründen das Blut völlig zu entfernen und eine konservierende Ersatzlösung nachzufüllen, so bleibt dieser stillgelegte Mensch organisch unversehrt. Klinisch gesehen allerdings ist er tot. Unter der nötigen Vorkehrung läßt sich die Konservierung theoretisch beliebig lange aufrechterhalten. Wird dann der Prozeß in umgekehrter Reihenfolge vorgenommen, Sie sind Laie, und ich brauche nicht auf die einzelnen Probleme einzugehen, die bei den verschiedenen Phasen auftauchen, so kann das Herz wieder in Gang gesetzt werden, wie das bloß angehaltene Uhrwerk, und der Mensch lebt wieder.

Fidelfo Berchet stellte sich Professor Dall'Oca

als Versuchsperson zur Verfügung. Der klinische Tod Fidelfos sollte elf Tage dauern. Diese Frist bestimmte er selber. — In dieser Zeit wollte er seine Tochter suchen.

Ein kleiner Kreis von Assistenten und Mitarbeitern wurde von Dall'Oca für das Experiment herangezogen, das im übrigen vorerst geheimgehalten werden sollte, da — gelinde gesagt — die juristischen Voraussetzungen nicht geklärt werden konnten.

Das Experiment gelang. Nach außen hin wurde es als komplizierte Operation deklariert. Fidelfo Berchet lag elf Tage lang, klinisch tot, in Dall'Ocas Institut. Auch der zweite Teil gelang so gut, daß Berchet schon am zwölften Tag in sein Haus zurückgebracht werden konnte, wo allerdings jede Sekunde seines Tageslaufes beobachtet, kontrolliert und überwacht wurde.

Es dauerte nicht lange, so konnte Berchet für Stunden aufstehen. Er war ja eigentlich gesund, es war aber so, als habe sein Körper einige Funktionen gewissermaßen verlernt, wobei zu bemerken war, daß es sich dabei eher um psychische Funktionen handelte. Aber durfte man das verwunderlich finden? Die Situation in der Villa Berchet war sehr eigenartig. Fidelfo redete fast nichts, aber nicht aus Schmerz und Trauer wie nach dem Tod seiner

Tochter, zeigte überhaupt keine Seelenregung, so, als habe er sein Bewußtsein (und damit übrigens auch sein Erinnerungsvermögen) noch nicht ganz wiedergefunden. Colomba, so hieß Signora Berchet, war seit der Rückkehr ihres Mannes von einer merkwürdigen Unrast ergriffen, aber sie wagte nicht danach zu fragen, ob Fidelfo etwas und was er in den elf Tagen verspürt oder erlebt hatte. Professor Dall'Oca, der als radikaler Freidenker an keine Form jenseitigen Lebens glaubte, gab sich stets den Anschein, als interessiere ihn nur die medizinische Seite seines Experimentes, wobei aber nicht zu verkennen war, daß ihm auch die anderen Fragen brennend am Herzen lagen; er war aber zu stolz dazu, seine Weltanschauung auch nur durch ein einziges Wort sich selber gegenüber in Mißkredit zu bringen. So schwieg man über diese Dinge, die jedoch in ihrer unheimlichen, möglicherweise alle bisherige Philosophie und Theologie, ja das Denken der Menschheit überhaupt umwälzenden Größe wie ein Block aus Eisen, groß wie das ganze Haus quasi in der Villa standen, so daß sie ständig im Wege waren und man bei jedem Wort und bei jedem Schritt auf sie stieß.

Die alte Aurispa brach dieses Tabu. Colomba, Fidelfo, Dall'Oca und ich — ich hatte gerade

›Dienst‹ bei dem Patienten — saßen, es war etwa vier Wochen nach dem Experiment, an einem sonnigen Nachmittag auf der Terrasse. Aurispa hatte den Kaffee serviert. Als sie dann die speziellen Diätgetränke für Fidelfo brachte, entfernte sie sich nicht, sondern blieb stehen, als warte sie auf etwas.

»Was ist, Aurispa?« fragte Colomba.

»Gnädiger Herr«, sagte Aurispa, »haben Sie Ihre Tochter wiedergesehen?«

Alle erstarrten. Dann stand Fidelfo auf und sagte: »Ich habe nie eine Tochter gehabt. Ich war in einem Haus am Meer.« Dann ging er rasch in die Villa. Mir war die Szene natürlich peinlich. Ich erinnere mich nicht genau daran, aber ich nehme an, daß ich verlegen im Kaffee rührte. Kaum daß Fidelfo fort war, brach Signora Colomba in Tränen aus. Auch sie lief ins Haus, nachdem sie zu Dall'Oca etwas hatte sagen wollen. Ich weiß nicht, ob meine Gegenwart oder ihre Tränen sie hinderten, mehr zu sagen als: »Marco! . . .«

Marco war Dall'Ocas Vorname. Vorher jedoch hatten sie sich nie geduzt. Aurispa sagte mit einem Ernst, der selbst einen so kalten, hochfahrenden und selbstsicheren Menschen wie Dall'Oca zu beschämen imstande war: »Gott, Signor Professore, verbietet solche Dinge.«

Es muß dann wohl in den nächsten Stunden, nachdem einmal das Tabu zerbrochen war, zu einer Aussprache zwischen Fidelfo, seiner Frau und Dall' Oca gekommen sein. Ich war nicht dabei. Aurispa aber erzählte mir später, Signor Berchet habe immer nur gesagt, er habe schreckliche Dinge erlebt, eigentlich nicht schreckliche Dinge, aber Dinge, die das menschliche Fassungsvermögen übersteigen. Dall'Oca habe sich dann nach einem furchtbaren inneren Kampf zu der Frage durchgerungen: Gibt es Gott? Fidelfo aber habe darauf nichts geantwortet, er habe nur dazu angesetzt und gesagt: »Ich war in einem Haus am Meer . . .«, dann aber habe er doch geschwiegen.

In der nächsten Nacht hatte eine Kollegin von mir die Nachtwache bei Berchet. Wie üblich, war auch Dall'Oca im Haus. Die Kollegin, eine junge Assistenzärztin, nahm die routinemäßigen Blutdruckmessungen und so weiter vor und verabreichte die vorgeschriebenen Medikamente. Dann begab sich Berchet zu Bett. Die Assistenzärztin saß in einem als eine Art Wachstation eingerichtetem Ankleideraum neben Fidelfos Schlafzimmer. Colomba und Dall'Oca saßen oben in der Bibliothek. Gegen Mitternacht bemerkte die Assistenzärztin, daß Berchet sein Zimmer verließ. Die Ärztin nahm an, er wolle die Toilette aufsuchen, und trat auf den Korridor hinaus. Berchet ging nicht zur Toilette, sondern nach oben. Kurz darauf hörte die Assistenzärztin zwei, möglicherweise, wie sie später angab, drei Schüsse. Aurispa hatte vier Schüsse gezählt. Als Berchet, den Revolver noch in der Hand, aus der Bibliothek heraustrat und die Stiege herunterkam, verlor meine Kollegin vermutlich die Nerven. Sie lief in das Ankleidezimmer, sperrte alle Türen ab und versteckte sich in einem Schrank. Dort blieb sie bis zum Morgen. Am Morgen war Fidelfo Berchet verschwunden. Er hatte alles Bargeld, das im Hause war, den Schmuck seiner Frau und sein Auto mitgenommen. Zurückgelassen hatte er ein dickes Wachstuchheft, das er noch in der Nacht vollgeschrieben hatte. Das Wachstuchheft nahm Aurispa zu sich; ich erfuhr von der Existenz dieses Heftes erst viel später. Aurispa verschwieg es und daß Fidelfo die ganze Nacht nach dem Doppelmord geschrieben hatte, auch der Polizei, die sie zwar verständigte, aber ziemlich spät. Fidelfo hatte dadurch einen großen Vorsprung. Sein Auto wurde Tage danach in Frankreich gefunden. Von Fidelfo Berchet hat man nie wieder etwas gehört. Ich glaube auch nicht, daß er, der ja immer noch auf Schonung und die genau dosierten Medikamente angewiesen war, lange überlebt hat. Aurispa wartet heute noch auf seine Rückkehr.«

»Und was stand in dem Wachstuchheft?«

»Wohl das für den menschlichen Verstand Unfaßliche, das er in den elf Tagen seines klinischen Todes erfahren hat.«

»Haben Sie es gelesen?« fragte ich.

»Nein«, sagte Dr. Castellalba, »Aurispa gibt es nicht aus der Hand. Einmal hat sie mir die erste Seite gezeigt. Dort stand in Druckbuchstaben: ›Das Haus am Meer‹. Nacht für Nacht sitzt Aurispa vor dem Wachstuchheft.«

»Und die schrecklichen Dinge, die sie als einziger Mensch auf der Welt weiß, übersteigen ihren Verstand nicht?«

»Aurispa ist Sizilianerin und fast neunzig Jahre alt. Wissen Sie, wie es um die Bildung in Sizilien vor achtzig Jahren bestellt war? Aurispa kann nicht lesen.«

Dr. Castellalba schwieg eine Weile. Dann sagte ich: »Zwei Fragen bleiben für mich noch offen. Warum hat Dall'Oca, wenn er und Colomba Berchet vor Fidelfo etwas zu verbergen gehabt haben, ausgerechnet ihn für sein Experiment ausgesucht?«

»Ich glaube nicht, daß Dall'Oca auch nur im entferntesten damit gerechnet hat, Fidelfo könnte es ... drüben — erfahren, ganz einfach: er hat nicht an ein Drüben geglaubt. Außerdem, die Faszination des Experimentes ..., und finden Sie so leicht jemanden, der sofort dafür bereit ist, diese Sache mit sich machen zu lassen?«

»Und warum hat Ihnen Aurispa das Heft nicht zu lesen gegeben? War sie selber nicht neugierig auf seinen Inhalt?«

»Sie bewahrt es. Vielleicht wagt sie auch nur nicht, es zu vernichten. — Vielleicht ...« sagte er.

»Vielleicht ... ?« fragte ich. Er schaute mich an. »Wollten Sie sagen«, sagte ich nach einer Weile: »... gibt es das Haus am Meer ...?«

Der Abend kam. Hier heroben war es noch hell, aber das Tal und die Stadt bedeckten schon die Schatten der Dämmerung. Die letzten Sonnenstrahlen streiften die Türme, den feingezimmerten Turm der Signoria, den Campanile und Brunelleschis Meisterwerk, die Kuppel des Domes, die, mitten im herbstlichen Silberatem des Arno, aufzuleuchten begann wie ein Rubin.

Herbert Rosendorfer
im Diogenes Verlag

Deutsche Suite
Roman

Aus Rosendorfers groteskem Reigen der Adligen, Nazis und Gorillas gehen unheimliche Monster hervor. Im mal beschwingten, mal stampfenden Rhythmus der Suite wächst der Halbgorilla Hermanfried, Sohn der nymphomanischen Prinzessin Gicki, heran, und in die barocken Klänge mischt sich das Geschrei des hungrigen, allzu fetten Erbprinzen Otto. Keiner soll sich langweilen! Die bayrischen Adligen sorgen beim Tanz, der in den 30er Jahren anhebt und 1972 verklingt, für angeregte Stimmung.

»Ur- und Neonazis, Monarchisten, Hochadel, Klerus und auch die Studenten von ganz links – Rosendorfer geht sie alle an, mit feinem Witz und grobem Ulk, sehr oft mit Schwung und Sicherheit, doch auch nicht selten mit Verzweiflung.« *Der Spiegel, Hamburg*

»Hat da ein scharfsichtiger Realist, der in Personalunion mit einem genialen Phantasten, einem Fabulier-Orgiasten lebt, einen überdimensionalen, grimmigen, politischen Witz gemacht? Ich weiß es nicht. Ich vermute es. Was ich weiß, ist: der Leser hat seinen Gewinn davon.« *Robert Neumann*

»Eine brillante Satire, ein bundesdeutscher Hexensabbat, durchsetzt von Fabelwesen und Panoptikumsfiguren.« *Otto F. Beer/Sender Freies Berlin*

»Rosendorfer, ein in Deutschland ganz seltener Vogel, ist ein hervorragender Humorist.«
Marcel Reich-Ranicki/Allgemeine Jüdische Wochenzeitung, Bonn

Großes Solo für Anton
Roman

»Anton L. erwacht eines Morgens, um zu erfahren, daß alle anderen Menschen verschwunden sind. Wer Rosendorfer kennt, wird hier nicht Literatur um ihrer selbst willen erwarten, sondern ein satirisches Werk voller Humor und Hintergründigkeit.«
Österreichischer Rundfunk, Wien

»Was so symbolisch-überschaubar beginnt, was so nach ›Robinson Crusoe‹, ›Zauberberg‹ und Franz Kafka zugleich klingt – erweist sich am Ende als ausgeklügeltes Kryptogramm, als unendliches Vexierspiel mit dem formalen Ansatz selber.«
Eckhard Henscheid

»Herbert Rosendorfer mutet in unserer literarischen Landschaft selbst wie eine Art Anton L. an, denn er ist einer der letzten, die noch aus einer üppigen Phantasie schöpfen und ihr erzählerisches Garn zu spinnen vermögen.« *Der Tagesspiegel, Berlin*

Alfred Andersch
im Diogenes Verlag

»Andersch, mir nah, ein Liebhaber des Halbschattens, ein Reisender ohne Uniform, einer, der in Providence verschwindet, ein Kundschafter, manchmal verkleidet, auf der lebenslangen Flucht nach den Kirschen der Freiheit, er wird nie Sansibar erreichen, und selbst wenn er nach Sansibar kommen sollte, wird Sansibar nicht mehr Sansibar sein, und nie wird Andersch aufhören, nach dem letzten Grund zu forschen.«
Wolfgang Koeppen

Alfred Andersch, 1914 in München geboren, lebte seit seinem Weggang als Leiter der Redaktion ›Radio-Essay‹, die er beim Süddeutschen Rundfunk begründete, in der Schweiz. Seine Bücher zählen zu den besten der deutschen Nachkriegsliteratur. Innovativ wurden auch seine radiophonischen Arbeiten für Bereiche wie Hörspiel und Feature, Essay und Collage.

Efraim
Roman

Die Kirschen der Freiheit
Ein Bericht

Hohe Breitengrade oder
Nachrichten von der Grenze
Ein Reisebericht mit 48 Farbtafeln
nach Aufnahmen von Gisela Andersch

Sansibar oder der letzte Grund
Roman

Wanderungen im Norden
Ein Reisebericht mit 32 Farbtafeln
nach Aufnahmen von Gisela Andersch

Aus einem römischen Winter
Reisebilder

Mein Verschwinden in
Providence
Neun Erzählungen

Die Rote
Roman. Nach der vom Autor revidierten Fassung von 1972

Hörspiele
Fahrerflucht / Der Tod des
James Dean / Russisches Roulette /
In der Nacht der Giraffe

Winterspelt
Roman

Geister und Leute
Zehn Geschichten

Ein Liebhaber des
Halbschattens
Drei Erzählungen

empört euch der himmel
ist blau
Gedichte und Nachdichtungen
1946–1977

Fanny Morweiser
im Diogenes Verlag

»Spannende Erzählungen sind dies ganz sicher. Sie sind bei allem Schrecken dahinter, unterhaltend – denn die subtilen Verbrechen der Fanny Morweiser spielen sich in aller Stille, in schönen Landschaften, in alten Häusern, gelegentlich bei lieben älteren Damen ab – und dies soviel gefährlicher als bei Agatha Christie!« *Hannoversche Allgemeine*

»Eine Nachfahrin des Edgar Allan Poe? Nein – viel mehr. Diese Autorin hat mehr Farben auf der Palette als Blut und Grauen, nämlich Satire, Ironie und tiefere Bedeutung.« *Welt am Sonntag, Hamburg*

Jakob Arjouni
im Diogenes Verlag

Happy birthday, Türke!
Ein Kayankaya-Roman

»Privatdetektiv Kemal Kayankaya ist der deutsch-türkische Doppelgänger von Phil Marlowe, dem großen, traurigen Kollegen von der Westcoast. Nur weniger elegisch und immerhin so genial abgemalt, daß man kaum aufhören kann zu lesen, bis man endlich weiß, wer nun wen erstochen hat und warum und überhaupt.
Daß *Happy birthday, Türke!* trotzdem mehr ist als ein Remake, liegt nicht nur am eindeutig hessischen Großstadtmilieu, sondern auch an den bunteren Bildern, den ganz eigenen Gedankensaltos und der Besonderheit der Geschichte. Wer nur nachschreibt, kann nicht so spannend und prall erzählen.«
Hamburger Rundschau

»Verglichen wurde er bereits mit Raymond Chandler und Dashiell Hammett, den verehrungswürdigsten Autoren dieses Genres. Zu Recht. Arjouni hat Geschichten von Mord und Totschlag zu erzählen, aber auch von deren Ursachen, der Korruption durch Macht und Geld, und er tut dies knapp, amüsant und mit bösem Witz. Seine auf das Nötigste abgemagerten Sätze fassen viel von dieser schmutzigen Wirklichkeit.« *Klaus Siblewski/Neue Zürcher Zeitung*

Verfilmt von Doris Dörrie, mit Hansa Czypionka, Özay Fecht, Doris Kunstmann, Lambert Hamel, Ömer Simsek und Emine Sevgi Özdamar in den Hauptrollen.

Mehr Bier
Ein Kayankaya-Roman

Vier Mitglieder der ›Ökologischen Front‹ sind wegen Mordes an dem Vorstandsvorsitzenden der ›Rheinmainfarben-Werke< angeklagt. Zwar geben die vier zu, in der fraglichen Nacht einen Sprengstoffanschlag verübt zu haben, sie bestreiten aber jegliche Verbindung mit dem Mord. Nach Zeugenaussagen waren an dem Anschlag fünf Personen beteiligt, aber von dem fünften Mann fehlt jede Spur. Der Verteidiger der Angeklagten beauftragt den Privatdetektiv Kemal Kayankaya mit der Suche nach dem fünften Mann...

»Jakob Arjouni: der jüngste und schärfste Krimischreiber Deutschlands!«
Wiener Deutschland, München

Ein Mann, ein Mord
Ein Kayankaya-Roman

Ein neuer Fall für Kayankaya. Schauplatz: die (noch immer) einzige deutsche Großstadt: Frankfurt. Kayankaya sucht Sri Dao, ein Mädchen aus Thailand. Was Kayankaya – Türke von Geburt und Aussehen, Deutscher gemäß Sozialisation und Paß – dabei über den Weg und in die Quere läuft, von den heimlichen Herren Frankfurts über die korrupten Bullen und die fremdenfeindlichen Beamten auf den Ausländerbehörden bis zu den Parteigängern der Republikaner mit ihrer alltäglichen Hetze gegen alles Fremde und Andere, erzählt Arjouni klar, ohne Sentimentalität, witzig, souverän.

»Jakob Arjouni ist von den jungen Kriminalschriftstellern deutscher Zunge mit Abstand der beste. Er hat eine Schreibe, die nicht krampfig vom deutschen Gemüt, sondern von der deutschen Realität her bestimmt ist, das finde ich einmal schon sehr wohltuend; auch will er nicht à tout prix schmallippig sozialkritisch auftreten.« *Wolfram Knorr/Die Weltwoche, Zürich*

Meistererzählungen der Weltliteratur im Diogenes Verlag

● **Alfred Andersch**
Mit einem Nachwort von Lothar Baier

● **Honoré de Balzac**
Ausgewählt von Auguste Amédée de Saint-Gall. Mit einem Nachwort von Georges Simenon

● **Ambrose Bierce**
Auswahl und Vorwort von Mary Hottinger. Aus dem Amerikanischen von Joachim Uhlmann. Mit Zeichnungen von Tomi Ungerer

● **Giovanni Boccaccio**
Meistererzählungen aus dem Decamerone. Ausgewählt von Silvia Sager. Aus dem Italienischen von Heinrich Conrad

● **Anton Čechov**
Ausgewählt von Franz Sutter. Aus dem Russischen von Ada Knipper, Herta von Schulz und Gerhard Dick

● **Miguel de Cervantes Saavedra**
Aus dem Spanischen von Gerda von Uslar. Mit einem Nachwort von Fritz R. Fries

● **Raymond Chandler**
Aus dem Amerikanischen von Hans Wollschläger

● **Agatha Christie**
Aus dem Englischen von Maria Meinert, Maria Berger und Ingrid Jacob

● **Stephen Crane**
Herausgegeben, aus dem Amerikanischen und mit einem Nachwort von Walter E. Richartz

● **Fjodor Dostojewskij**
Herausgegeben, aus dem Russischen und mit einem Nachwort von Johannes von Guenther

● **Friedrich Dürrenmatt**
Mit einem Nachwort von Reinhardt Stumm

● **Joseph von Eichendorff**
Mit einem Nachwort von Hermann Hesse

● **William Faulkner**
Ausgewählt, aus dem Amerikanischen und mit einem Nachwort von Elisabeth Schnack

● **F. Scott Fitzgerald**
Ausgewählt und mit einem Nachwort von Elisabeth Schnack. Aus dem Amerikanischen von Walter Schürenberg, Anna von Cramer-Klett, Elga Abramowitz und Walter E. Richartz

● **Nikolai Gogol**
Die Nase
Ausgewählt, aus dem Russischen und mit einem Vorwort von Sigismund von Radecki

● **Jeremias Gotthelf**
Mit einem Essay von Gottfried Keller

● **Dashiell Hammett**
Ausgewählt von William Matheson. Aus dem Amerikanischen von Wulf Teichmann, Walter E. Richartz, Hellmuth Karasek und Elizabeth Gilbert

● **O. Henry**
Aus dem Amerikanischen von Christine Hoeppner, Wolfgang Kreiter, Rudolf Löwe und Charlotte Schulze. Nachwort von Heinrich Böll

● **Hermann Hesse**
Zusammengestellt, mit bio-bibliographischen Daten und Nachwort von Volker Michels

● **Patricia Highsmith**
Ausgewählt von Patricia Highsmith. Aus dem Amerikanischen von Anne Uhde, Walter E. Richartz und Wulf Teichmann

● **E.T.A. Hoffmann**
Herausgegeben von Christian Strich. Mit einem Nachwort von Stefan Zweig

● **Washington Irving**
Aus dem Amerikanischen von Gunther Martin. Mit Illustrationen von Henry Ritter und Wilhelm Camphausen

● **Franz Kafka**
Mit einem Essay von Walter Muschg sowie einer Erinnerung an Franz Kafka von Kurt Wolff

● **Gottfried Keller**
Mit einem Nachwort von Walter Muschg

● **D. H. Lawrence**
Ausgewählt, aus dem Englischen und mit einem Nachwort von Elisabeth Schnack

● **Nikolai Lesskow**
Ausgewählt von Anna von Guenther. Aus dem Russischen von Johannes von Guenther

● **Jack London**
Aus dem Amerikanischen von Erwin Magnus. Mit einem Vorwort von Herbert Eisenreich

● **Carson McCullers**
Ausgewählt von Anton Friedrich. Aus dem Amerikanischen von Elisabeth Schnack

● **Heinrich Mann**
Mit einem Vorwort von Hugo Loetscher und 24 Zeichnungen von George Grosz

● **Katherine Mansfield**
Das Puppenhaus
Ausgewählt, aus dem Englischen und mit einem Nachwort von Elisabeth Schnack

● **W. Somerset Maugham**
Ausgewählt von Gerd Haffmans. Aus dem Englischen von Kurt Wagenseil, Tina Haffmans und Mimi Zoff

● **Guy de Maupassant**
Ausgewählt, aus dem Französischen und mit einem Nachwort von Walter Widmer

● **Meistererzählungen aus Amerika**
Geschichten von Edgar Allan Poe bis John Irving. Herausgegeben von Gerd Haffmans. Mit einleitenden Essays von Edgar Allan Poe und Ring Lardner, Zeittafel, bio-bibliographischen Notizen und Literaturhinweisen. Erweiterte Neuausgabe 1995

● **Meistererzählungen aus Frankreich**
Geschichten von Stendhal bis Georges Simenon. Herausgegeben von Anne Schmucke und Gerda Lheureux. Mit Zeittafel, bio-bibliographischen Notizen und Literaturhinweisen.

● **Meistererzählungen aus Irland**
Geschichten von Frank O'Connor bis Bernard Mac Laverty. Herausgegeben von Gerd Haffmans. Mit einem Essay von Frank O'Connor, bio-bibliographischen Notizen und Literaturhinweisen. Erweiterte Neuausgabe 1995

● **Herman Melville**
Aus dem Amerikanischen von Günther Steinig. Nachwort von Hans-Rüdiger Schwab

● **Prosper Mérimée**
Aus dem Französischen von Arthur Schurig und Adolf V. Bystram. Mit einem Nachwort von V.S. Pritchett

● **Conrad Ferdinand Meyer**
Mit einem Nachwort von Albert Schirnding

● **Frank O'Connor**
Aus dem Englischen und mit einem Nachwort von Elisabeth Schnack

● **Liam O'Flaherty**
Aus dem Englischen und mit einem Nachwort von Elisabeth Schnack

● **George Orwell**
Ausgewählt von Christian Strich. Aus dem Englischen von Felix Gasbarra, Peter Naujack, Alexander Schmitz, Nikolaus Stingl u.a.

● **Konstantin Paustowski**
Aus dem Russischen von Rebecca Candreia und Hans Luchsinger

● **Luigi Pirandello**
Ausgewählt und mit einem Nachwort von Lisa Rüdiger. Aus dem Italienischen von Percy Eckstein, Hans Hinterhäuser und Lisa Rüdiger

● **Edgar Allan Poe**
Ausgewählt und mit einem Vorwort von Mary Hottinger. Aus dem Amerikanischen von Gisela Etzel.

● **Alexander Puschkin**
Aus dem Russischen von André Villard. Mit einem Fragment ›Über Puschkin‹ von Maxim Gorki

● **Joseph Roth**
Ausgewählt von Daniel Keel. Mit einem Nachwort von Stefan Zweig

● **Saki**
Aus dem Englischen von Günter Eichel. Mit einem Nachwort von Thomas Bodmer und Zeichnungen von Edward Gorey

● **Alan Sillitoe**
Aus dem Englischen von Hedwig Jolenberg und Wulf Teichmann

● **Georges Simenon**
Aus dem Französischen von Wolfram Schäfer, Angelika Hildebrandt-Essig, Gisela Stadelmann, Linde Birk und Lislott Pfaff

● **Henry Slesar**
Aus dem Amerikanischen von Thomas Schlück und Günter Eichel

● **Stendhal**
Aus dem Französischen von Franz Hessel, M. von Musil und Arthur Schurig. Mit einem Nachwort von Maurice Bardèche

● **Robert Louis Stevenson**
Aus dem Englischen von Marguerite und Curt Thesing. Mit einem Nachwort von Lucien Deprijck

● **Adalbert Stifter**
Mit einem Nachwort von Julius Stöcker

● **Leo Tolstoi**
Ausgewählt von Christian Strich. Aus dem Russischen von Arthur Luther, Erich Müller und August Scholz

● **B. Traven**
Ausgewählt von William Matheson

● **Iwan Turgenjew**
Herausgegeben, aus dem Russischen und mit einem Nachwort von Johannes von Guenther

● **Mark Twain**
Mit einem Vorwort von N.O. Scarpi

● **Jules Verne**
Aus dem Französischen von Erich Fivian